当代文学的力量

时 代 的 声 音

尚
书
房

2015年当代中国文学
最新作品排行榜

报告文学卷

北京文学月刊社 主编

文化发展出版社
Cultural Development Press

图书在版编目（CIP）数据

2015 年当代中国文学最新作品排行榜·报告文学卷／北京文学月刊社主编．
—北京：文化发展出版社有限公司，2016.9
ISBN 978-7-5142-1454-3

Ⅰ．①2…　Ⅱ．①北…　Ⅲ．①中国文学－当代文学－作品综合集②报告文学－作品集－中国－当代　Ⅳ．① I217.1

中国版本图书馆 CIP 数据核字 (2016) 第 168935 号

2015年当代中国文学最新作品排行榜·报告文学卷

北京文学月刊社主编

出 版 人：赵鹏飞	
总 策 划：尚振山　曹振中	
责任编辑：肖贵平　罗佐欧	
责任校对：郭　平	**责任印制**：孙晶莹
责任设计：侯　铮	**排版设计**：麒麟传媒

出版发行：文化发展出版社（北京市翠微路 2 号　邮编：100036）
网　　址：www.printhome.com　www.keyin.cn
经　　销：各地新华书店
印　　刷：北京新华印刷有限公司
开　　本：787mm×1092mm　1/32
字　　数：316 千字
印　　张：7.75
印　　次：2016 年 9 月第 1 版　2016 年 9 月第 1 次印刷
定　　价：38.00 元
Ｉ Ｓ Ｂ Ｎ：978-7-5142-1454-3

◆ 如发现任何质量问题请与我社发行部联系。发行部电话：010-88275710

2015 年中国当代文学
最新作品排行榜

【中篇小说】：《翻案》作者：蒋　峰

《三只虫草》作者：阿　来

《地球之眼》作者：石一枫

《狐步杀》作者：张　欣

《收山》作者：常小琥

【短篇小说】：《金刚四拿》作者：田　耳

《你没事吧》作者：杨少衡

《某年某月某先生》作者：东　君

《俗世奇人新篇》作者：冯骥才

《仉仉》作者：王　蒙

【报告文学】：《抗日战争》 作者：王树增

《"乌坎事件"调查》 作者：朱晓军

《根据地》 作者：李延国　李庆华

《我在这世上太孤独》 作者：弋　舟

《重症监护室——ICU 手记》 作者：周　芳

【散文随笔】：《费家营》 作者：雷　达

《中华文化为何长寿》 作者：余秋雨

《父亲的荣与辱》 作者：梁晓声

《落花时节读旧笺》 作者：韩少功

《一个人的国际共运史》 作者：冯　艺

北京文学月刊社

前　言

改革开放的中国，社会生活日新月异，文化产品琳琅满目异彩纷呈，令人目不暇接。面对浩如烟海的文化读物，如何大浪淘沙、撷取精华，让终日忙碌的读者在日益快节奏的生活中节省时间，阅读到全国报刊发表的海量文学作品中的精品力作，这恐怕是绝大多数读者的共同愿望。

由北京文学月刊社发起倡导的当代中国文学最新作品排行榜，正是在这种背景下诞生的，而且成为迄今中国大陆最早出现的文学排行榜。这个排行榜的宗旨，是把一定时间段里中国大陆报刊发表的最新文学作品，择优荟萃，奉献给广大文学读者，以此倡导一种文学精神，一种精品意识，一种经典情怀，一种坚持不懈的美学追求，为经久不息的文学之光奉献出我们的微热。

这个排行榜始于1997年，2007年之前每半年一评，之后一年一评。评选对象为中国大陆文学期刊每年发表的中篇小说、短篇小说、报告文学和散文随笔，入选作品必须是艺术性、思想性和可读性的完美结合。面对每年汗牛充栋的作品，面对读者挑剔的眼光和热切的期盼，面对文学的责任与担当，评选过程中我们不敢有丝毫懈怠，我们努力把视野拓展至众多的文学期刊和报纸副刊，尽最大努力披沙拣金，追求排行榜的最大覆盖性和最优代表性，力避遗珠之憾。与此同时，我们还邀请全国多家知名文学选刊和文学界的部分专家推荐候选作品。评选时我们不唯名气，只重质量，所有作者一视同仁，严格筛选，多层淘汰，优中选优，最后由《北京文学》编辑部组织编辑和专家在认真审读和讨论之后投票选出。我们希望通过广泛、扎实、认真的遴选工作，为同时代的读者送上健康、清新、隽永和深邃的文学阅读，同时也为中国大陆每年的文学创作立一存照。

从这个意义上讲，作为见证中国大陆文学发展的一个窗口，作为每年一度大规模的文学检阅，当代中国文学最新作品排行榜的上榜作品，基本代表了每年度中国文学创作在中篇小说、短篇小说、报告文学和散文随笔这4种体裁中最高的创作水平，是广大读者值得信赖的文学阅读参考篇目。

北京文学月刊社

目　录

抗日战争 |王树增|

原载《当代》2015 年第 5、6 期，《解放军文艺》2015 年第 8 期

第五章　八路军上来了

第六十一军军长李服膺被处决的时候，喊出这样一句话："不讲理的阎锡山万岁！"

李服膺是中日全面开战以来，第一个因丢失防区而被处决的军长。

李军长丢失的防区是山西北部的天镇。

平绥路上的南口、张家口相继失陷后，板垣征四郎的第五师团集结于怀来，东条英机的关东军察

哈尔兵团集结于宣化，其继续向南攻击山西的企图显而易见。只是，中国方面暂时还无法判断其作战方向和计划。日军进逼山西无非有两种可能：一是在冀西北部与晋东北部交界处的蔚县、广灵发动佯攻，主力沿平绥路西进攻取大同，切断中国军队山西与绥远间的联络；二是在晋东北的天镇方向实施佯攻，主力攻取广灵，切断中国军队山西与河北间的联络。然后，两路兵力即可协同向南直插山西的腹地。

中国军队第二战区制定了兼顾两种可能的作战计划："本军以利用山地歼灭敌人之目的，以主力配置于天镇、阳高、广灵、灵丘、平型关各地区，以一部控制于大同、浑源、应县附近，以策应各方之战斗，相机转移攻势。"这个计划的要点是：无论日军的主攻方向在哪一边，都以局部的死守待援、东或西面的紧急增援，形成夹击日军的战场态势。

但是，令中国军队没有想到的是，东条英机指挥的察哈尔兵团和板垣征四郎指挥的第五师团，从攻击一开始就两路齐头并进，令第二战区无法判断出到底哪个方向是主攻。

九月三日，关东军察哈尔兵团独立混成第十五旅团，在旅团长筱原诚一郎的指挥下，自张家口以南的宣化方向出动，向驻守天镇的中国守军第六十一军发动了猛烈进攻。李服膺军长指挥的第六十一军，刚刚从柴沟堡方向南撤至天镇，各部队仓促间进行了部署，也是一线式的防御阵形：第二零零旅的四零零团据守天镇附近的盘山制高点；第一零一师占领盘山以北的罗家山、李家山以及沿平绥路两侧一直到北山瓦窑口一线的阵地；第二零零旅三九九团驻守天镇城防；第六十一军司令部以及四一四团驻守天镇西南方向的阳高县城；

日军显然把攻击重点放在了天镇外围唯一的制高点盘山。武器简陋的中国守军在察哈尔兵团凶悍的攻击面前几乎没有还手之力。日军重炮轰击和飞机轰炸持续不停，第六十一军简单的野战工事被反复摧毁，四零零团的高保庸营藏身的掩体被炸塌，一个营的官兵全部被压死在石洞里。日军步兵轮番冲锋，日夜猛扑，中国守军只能依靠弹坑掩护自己，用手榴弹和刺刀抵抗。后方的补给线和联络线被切断，弹药上不来，伤员下不去，支撑整整三天后，阎锡山下令再守三天。四零零团团长李润生请求增援，但李服膺军长手里没有预备队，四零零团伤亡了五百多人，其他各团也都伤亡在千人以上。最后时刻，李润生团长已无法控制部队，还活着的士兵纷纷后退。盘山失守。

盘山失守的这一天，日军第五师团于天镇以南的蔚县方向开始了突进，其第九旅团攻击广灵，第二十一旅团从广灵西面迂回。在这个方向防御的是刘汝明的第六十八军，该军竟然连日军的影子还没见到就擅自撤退致使防线如无人之境。汤恩伯急忙命令高桂滋的第十七军前往填补，高桂滋派出的一个团以急行军的速度赶往蔚县，距蔚县还有五里的时候得到消息：蔚县已被日军占领。

战事已起，阎锡山的判断是：日军的主攻方向是大同。于是他策划了一个"大同会战"的方案，即把日军主力引进大同以东的聚乐堡，那里有晋军已经建好的国防阵地，然后调动强大兵力从南北两面对日军实施夹击。为此，他给第六十一军军长李服膺下达了在天镇阻击日军的命令：只要能把日军迟滞在这一带，为调动部队争取到必要时间，"大同会战"计划就可以得到实施。只是，不知阎锡山是否清醒，能够迟滞日本关东军攻击的中国军队，至少在他的第二战区内不存在。

天镇外围制高点盘山失守后，日军直冲而下，除了天镇城中的三九九团外，城外第六十一军布防的部队均被冲垮。接着，日军兵分两路直插聚乐堡，为了增加追击力度，日军甚至动用了预备队。天镇尚在被包围中，身后的阳高城竟然也被日军攻陷了，李服膺军长只好带着司令部再向南撤退。防守阳高城的第六十一军四一四团在守城战斗中伤亡很大，团长白汝庸认为如果巷战持续下去，即使全团战至殆尽城池最后还是守不住，于是召集残部向城外突围，一千多人的团跟着白团长突出来的仅有三百多人。

阳高陷落，天镇成了一座四面被围的孤城，孤城里的孤军是三九九团。

中国陆军第六十一军第二零零旅三九九团，团长张敬俊，全团十二个步兵连，加上机枪连和迫击炮连，总计一千四百余人，军官和士兵也多是河北、山东和河南人。中国的北方人有股子拼命的蛮劲。攻击天镇的日军认为，这座孤城里的中国守军不会再守下去了，没有人会在没有任何希望的情况下找死。因此，日军高举着日本旗，列队向天镇城东门走来，仿佛不是在攻击而是准备接管。日军刚一走到城门下，突然遭到来自城墙上的猛烈射击，队伍瞬间混乱起来。很快，日军的重炮开始轰击城防，坦克也抵近射击，天镇城墙被摧毁，日军的飞机把小城炸成一片火海，接着便是步兵的轮番冲锋。三九九团守军格外顽强，就是找死一般，就是死也不退。战斗持续了三天，三九九团伤亡惨重。天镇县长劝张敬俊团长不要再守了，因为拼死打下去最终也打不赢，小城里的老百姓在战火中太遭罪了。痛苦万分的张敬俊让团副把残存的部队带走，他要一个人留下来尽军人的职责。官兵们不愿意，表示要走一起走要死一起死。于是，"九月十一日夜间，三九九团有秩序地撤出天镇城"。

天镇陷落，"大同会战"瞬间成为泡影。

阎锡山命令各部队向大同以南、桑干河南岸的山地转移。

九月十三日，关东军察哈尔兵团独立混成第一旅团未经战斗进入了晋北重镇大同。

大同，平绥、同蒲两条铁路衔接处，"为晋、察、绥之交通要冲"。

恼羞成怒的阎锡山将第六十一军军长李服膺扣押了。

第二战区司令长官部少校副官庞小侠目睹了阎锡山审问李服膺军长的过程，这是一次典型的家族式的审判：

十月三日晚上十一点左右，阎锡山在省府大堂审讯李服膺。他坐在中间，谢濂（保安司令）、张建（宪兵司令）、李德懋（原绥署副官长）坐在两边。我那天是值日官。宪兵用汽车把李服膺押来后，阎锡山对李说："从你当排长起，一直升到连长、营长、师长、军长，我没有对不起你的地方，但是你却对不起我。第一，你做的国防工事不好；第二，叫你死守天镇、阳高，你却退了下来。"说到这里，李服膺插嘴说："我有电报。"阎说："你胡说！"接着又说："你的家，你的孩子，有我接济，你不要顾虑！"李服膺这时掉下了眼泪，没有再说什么。阎锡山向周围点了一下头，就走了。阎锡山走后，警卫营就带着绳子去捆李。谢濂说："那只是个样子！"于是没有捆，只把绳子搭在脖子上。记不清是张建还是李德懋问李服膺："有对家里说的话没有？"李服膺摇了摇头。没说话。之后，就把李押上汽车。李走得很刚骨。

执行枪毙任务的康连长，回来跟庞副官这样说的："我就用山西造的大眼盒子，一枪收拾了他。"

几乎所有熟悉李军长的人，都为他喊冤，尤其是第六十一军官兵。他们认为，天镇、阳高一线战斗惨烈，面对日军的重型武器官兵手里的枪械都是山西造的，导致伤亡十分严重。战斗中，部队既得不到明确指示，又得不到任何支援，就这样把李军长不明不白地枪毙了实在不公平。还有官兵揭露，国民政府出钱修筑国防工事，可第六十一军从太原领到钢筋、洋灰等材料不足计划的百分之一，据说官员们把修筑国防工事的拨款都贪污了。

天镇失陷后，日军迅猛南下，晋北战场呈现出混乱局面。

局面的恶化，绝不是处决一个军长就能挽救的。

九月十一日，侧翼的日军第五师团从蔚县出动，向广灵方向推进，并以一部向火烧岭一带迂回。汤恩伯命令高桂滋的第十七军第二十一师主力防御广灵城正面，第八十四师在火烧岭一线阻击。十二日，日军向火烧岭中国守军阵地发起攻击，同时向广灵方向的中国守军阵地压迫。十三日，布防火烧岭以西刘家沟的第八十四师四九九团陷于苦战；广灵城正面防御阵地上的第二十一师也处在激战中，四二四团在与日军的肉搏战中伤亡甚重，阵地最终被日军突破，四二三团团长吕超然率部实施反击时中弹阵亡。

日军第五师团于侧翼向南发起的猛攻，令阎锡山从北向南部署的防线出现了倾斜。十三日，阎锡山不得不重新调整部署，重点是调集部队堵住日军第五师团的南下势头，以图稳住整个战场的侧翼。

十四日，日军第五师团的攻击力度丝毫未减，布防广灵方向的第七十三师在以弱对强的阻击中伤亡惨重。阎锡山命令汤恩伯，如果实在守不住防线，可以撤退到广灵以南建立新的阵地。汤恩伯接到命令后，立即命令第七十三师、第八十四师和第二十一师全部撤退。广灵遂被日军占领。

这一天，为了避免战场混乱以及无法遏制的互相推诿，阎锡山划分了各军作战地域以便各负其责。这些地域自大同向南基本呈现出左右两部分：左侧的部队是第六十一军、第三十四军、第十九军、第三十五军，以傅作义为总司令；右侧的部队是第三十三军、第十七军、第十五军，以杨爱源为总司令。第十八集团军、第七十一师和第七十二师为预备队。

日军第五师团第二十一旅团占领广灵后，向广灵以南的灵丘和广灵以西的浑源方向继续追击。十五日，阎锡山严令第七十三师师长刘奉滨在广灵南面的山地坚守，如果再退就军法论处。刘师长率部在广灵以南一个叫直峪口的险要山口挡住了日军第二十一旅团，全师官兵拼死作战，陡峭山崖上的阵地五次失守又五次发起反击而复得，直到刘奉滨师长负伤后，第七十三师才向后转移阵地。

虽然部队节节推进，但师团长板垣征四郎恼怒了：华北方面军命令他率主力折向东，去支援平汉路上的作战。眼看第五师团推进顺利，如果没有干扰的话，他可以向南直插五台山然后打进太原城，在关东军面前把这个头功抢到手。心有不甘的板垣征四郎下达命令：第九旅团继续占领浑源，第二十一旅团继续攻击灵丘。

二十日，从广灵南撤的第七十三师，因顶不住日军强攻再次南撤，灵丘城被日军占领。

至此，在中国军队晋北防线的右翼，日军已经迫近内长城。

从灵丘再向南，是内长城的一座关口，名叫平型关。平型关为山西境内内长城南翼之要隘，扼守冀、察入晋之要冲。

此时，阎锡山正在制定一个新的作战计划：把日军放进平型关内加以围歼。即诱使日军通过平型关，深入平型关以西的砂河盆地，然后中国军队从恒山、五台山两面发动夹击，截断平型关要隘，把日军歼灭在滹沱河上游的盆地里。

阎锡山认为，自己布好了一个口袋阵，保准日军进得来出不去。

毛泽东要求周恩来赶赴太原或大同，会晤阎锡山，协商八路军"入晋后各事"，包括"活动地区、作战原则、指挥关系、补充计划"等。九月七日凌晨，周恩来、彭德怀、徐向前赶到了位于雁门关附近太和岭口的阎锡山指挥部。此刻，山西战场的对日作战已经没有退路，但与日本人打仗阎锡山还没有把握。周恩来劝导阎锡山："日本军国主义是可以打败的，虽然目前是敌强我弱，但打下去，必然使敌人一天天弱下去，我们一天天强大起来。"阎锡山向共产党方面告知他的作战计划，周恩来建议阎锡山"不要单纯死守雁门关，而应主动出击，实行侧击和伏击来破坏日军的进攻计划"，明确表示八路军第一一五师可以"配合友军布防平型关一带"。

毛泽东致电彭德怀：

阎锡山现在处于不打一仗则不能答复山西民众，要打一仗则毫无把握的矛盾之中，他的这种矛盾是不能解决的。你估计放弃平型关，企图在砂河决战的决心是动摇的，这种估计是完全对的。他的部下全无决心，他的军队已失战斗力，也许在雁门关、平型关、砂河一带会被迫地举行决战，然而大势所趋，必难持久，不管决战胜败如何，太原与整个华北都是危如累卵。

后来的晋北战局证明，毛泽东的预见和判断是正确的。

阎锡山的作战计划最令人困惑之处在于：凭什么判断日军的主攻方向只能是平型关？如果日军的主攻方向不是平型关，全盘依此部署的作战阵势将如何紧急应对？另外，平型关是著名的关隘和天险，是阻击日军的有利地形。从山西最北部的天镇、广灵一路退下来后，第二战区司令长官部不断地命令部队重建阻击线，以阻止日军继续向南推进的势头，现在已经退到了阻击最有利的天险关隘，为何反而放弃不守要退到关内的砂河盆地里决战？最后，如果把日军放进平型关，一旦预计的围歼无法达成，部队如何迅即部署才能确保太原的安全？

尽管共产党方面对阎锡山诱敌深入的作战设想不敢苟同，但与其协同作战保卫晋北要地的决心是坚定的。

八路军政治部主任任弼时说：

> 山西自雁门关以南，井陉、娘子关以西系高原多山地区，对保卫华北，支持华北战局，有极重大的意义。敌人要完成其军事上占领华北，非攻占山西不可。如山西高原全境保持我军手中，则随时可以居高临下，由大行山脉伸出平汉北段和平绥东段，威胁敌在华北之平津军事重地，使敌向平汉南进及向绥远的进攻感受困难。

故山西为敌我必争之战略要地。

彭德怀与阎锡山商定，位于日军第五师团攻击方向的平型关以及位于关东军察哈尔兵团攻击方向的茹越口和雁门关，都要派出强有力的部队防守，八路军第一一五师可以在日军攻击平型关时于日军的侧后出击，第一二零师可以在日军攻击雁门关时于侧翼出击。

八路军决心在晋北与日军面对面地打上一仗。

但是，在平型关前线指挥作战的第六集团军副总司令孙楚反对阎锡山的作战部署。他认为，日军的主攻方向依旧是关东军察哈尔兵团直指的雁门关，而不是平型关。当前，向灵丘进攻的日军第五师团不过是起牵制作用的助攻。据此，孙楚不同意将日军第五师团放进平型关内来，而主张以第十七军和第三十三军以及进入平型关附近的八路军第一一五师，扼守平型关和团城口，相机出击，配合雁门关方向的主战场。第六集团军总司令杨爱源同意孙楚的见解。

听了杨爱源的当面陈述后，阎锡山批准了孙楚的计划，决定固守平型关和团城口一线，将第十七军第二十一师向北延，与布防恒山的第十五军阵地连接，掩护恒山的东翼。此时，恒山已成为日军占领冀、察、晋三省的战略中枢。

孙楚按照新的作战计划向各部队发出指令，但是第十七军军长高桂滋却对孙楚的部署极为抵触，他是唯一赞同阎锡山把日军放进平型关的前线将领，理由很明显：他的第十七军处在与平型关并行的团城口，面对日军的进攻首当其冲，如果按照阎锡山的作战计划，他的任务是不必死守，只要打一下跑进恒山里就行了。高桂滋的抵触对于后来的战局演变成为一个巨大的隐患。

二十一日，日军第五师团第二十一旅团旅团长三浦敏事，率领第二十一联队第三大队和配属的第十一联队第一大队，从位于晋东北的灵丘出发，沿着灵丘通往平型关的公路，追击仍在后撤的中国军队第七十三师。

这一天，中国空军在山西参战了。中国空军前敌总指挥周至柔电告阎锡山，空军编组了支援山西作战的四个飞行中队，指挥所设在太原，以洛阳、西安、南阳机场为基地，以太原、临汾、长治为前进机场。就在日军第二十一旅团发起攻势的时候，关东军飞行第十六联队的十五架战斗机，掩护第十二联队的八架重型轰炸机，轰炸了太原城。中国空军第二十八中队队长陈其光率领七架驱逐机迎击，将日本陆军视为"军宝"的第十六联队第一大队队长三轮宽少佐所驾驶的95式战斗机击伤。该机被迫在太原附近的农田中迫降，爬出机舱的三轮宽被当地农民打死。

除了这个令阎锡山兴奋的好消息外，还是这一天，日军第二个一旅团在向前攻击的时候，首先遭遇奉命破坏公路的中国守军一个营，日军苦战了大半天才得以摆脱。接着又遭遇了第十七军第八十四师的一个营，又苦战了大半天，好不容易推进到平型关面前时，被中国守军第三十三军独立第八旅六二三团所阻。

二十三日，攻击平型关不成的日军，开始转攻旁边的团城口。第十七军五零二团团长在战斗中身负重伤。在日军迂回东西跑池南北高地的时候，独立第八旅防守高地的两个连全部阵亡，高地遂被日军占领。孙楚命令第十七军再投入两个团、第七十三师一部和独立第八旅的一个团同时向日军实施反击。下午，中国守军反击成功，东西跑池及其附近高地阵地失而复得。

尽管日军对平型关的攻击规模并不强大，但终究是敌人已经攻到天险隘口前了。阎锡山十分紧张，他动用了预备队，命令第七十一师附新编第二师共八个团向东西跑池、小寨方向迂回，以形成对日军的侧击；第七十二师和第三十五军的两个旅作为出击预备队，由傅作义担负出击总指挥……阎锡山还从太和岭口前线指挥部致电第十八集团军总指挥朱德："我决歼灭平型关之敌，增加八个团兵力，明拂晓可到，希电林师夹击敌之侧背。"

"林师"，即林彪指挥的八路军第一一五师。

中国共产党领导的抗日队伍，第一次以正规部队的名义、加入在国民政府军事委员会统辖的战斗序列里，奔赴抗日战场参战了。

为了加强党对抗战时期军事工作的领导，中共中央政治局洛川会议决定，成立新的中共中央军事委员会，毛泽东为书记（实际称主席），朱德、周恩来为副书记（实际称副主席）。成立前方军委分会（后称华北分会），朱德为书记，彭德怀为副书记。十月，中共中央决定成立军委总政治部，任弼时为主任，恢复了一度取消的政治委员制度，聂荣臻、关向应、张浩分别为第一一五、第一二零和第一二九师政委，肖华、黄克诚、李井泉、王震、王维舟、王新亭分别为第三四三、第三四四、第三五八、第三五九、第三八五、第三八六旅政委。撤销了各级政训处，恢复了师、旅两级政治部。

八路军所辖的三个主力师，加上直属与后方部队，总计不过四万多人，从军事上讲，即使全部投入战场，对于偌大国土上的全面对日作战而言，影响只能是局部的。而在共产党方面看来，如果没有正确的作战方略就盲目参战，等同于自我蹈火。为此，毛泽东明确表示，改编后的八路军要扬己之长、避己之短，长处在于有游击战的丰富经验，短处在于兵力有限武器简陋。因此，八路军能够采取的作战方略只能是"独立自主的分散作战的游击战争"，只有这样才能最大限度地打击敌人同时保存自己，才能对抗日战争做出中国共产党人的贡献。

八月五日，当朱德、周恩来、叶剑英受蒋介石密邀赴南京参加国防会议时，毛泽东请他们将八路军的作战任务与兵力使用原则告知南京方面，以使国共双方对于八路军的对日作战具有共识性的准确定位：一、"总的战略方针暂时是攻势防御，应给进攻之敌以歼灭的反攻，决不能是单纯防御，将来准备转变到战略反攻，收复失地"；二、"正规战要与游击战相配合，游击战以红军和其他适宜部队及人民武装担任之，在整个战略部署下，给予独立自主的指挥权"；三、"担任游击战的部队原则上应分开使用，而不是集中使用"；四、"依现实情况，红军应以三分之一兵力，依冀、察、晋、绥四省交界地区为中心，向着沿平绥路西进及沿平汉路南进之敌执行侧面的游击战，另以一部向热冀察边区活动，威胁敌人后方（兵力不超过一个团）"；五、"要发动人民的武装自卫战，这是保证军队作战胜利的中心一环"。

共产党领导的八路军出发了。

日本人、蒋介石和阎锡山，三方的心绪都很复杂。

日本是一个反共国家，其军国主义者在发动对中国的侵略战争时，其中一个重要的借口，也是诱使国民党的筹码，就是彻底铲灭中国共产党。抛开政治因素，日本对中国共产党人的顽强不屈有深刻的了解，深知日本军队与国民党军队作战，不必有太多顾虑，但如果与共产党军队直接作战，那就另当别论了。日本驻北平特务机关长松室孝良，在一九三七年初所做的《秘密报告》中，曾经特别警告日本当局，在中国，日本军队的真正"大敌"，是共产党领导的武装力量，因为这支军队尽管人数不多但能量惊人，中国共产党人是一个不能用常规逻辑解释的群体：

　　共产军之主力，现虽返还陕北，然有袭入察绥向满洲联苏抗日之危虞，此帝国不可忽视者也。此种红军，实力雄厚，战斗力伟大，其苦干精神，为近代军队所难能，其思想极能浸渍民心，以中国无大资本阶级，仅有小的农工阶级，即被煽惑，竟由江西老巢绕华南华中华西趋华北，转战数万里，备历艰辛，物质上感受非常压迫，精神反极度旺盛。此次侵入山西，获得相当之物质，实力又行加强，彼等善能利用时势，抓着华人心理，鼓吹抗日，故其将来实力不容忽视。中国大部分青年，鉴于国内政治腐化，军事经济之乏更生希望，政府之无抗日决心，退让无止境之主义，于彻底抗日之共同目标下，抗日图存收复失地号召下，纷纷加入共党，甘为共产军之前锋，潜伏华北，积极活动，并与在满红军取得联络，将来之扩大充实，亦为帝国之大敌。

以共产军之实质言，实为皇军之大敌。世界各国军旅，无不需要大批薪饷、大批物质之分配与补充，换言之，无钱则有动摇之虞，无物质更有不堪设想之危。共产军则不然，彼等能以简单的生活，窳败的武器，不充足之弹药，用共产政策，游击战术，穷乏手段，适切的宣传，机敏的组织，思想的训练，获得被压迫者的同情，实施大团结共干硬干的精神，再接再厉的努力，较在满的红军尤为精锐。此等军队，适应穷乏之地方及时零时整之耐久游击、耐久战术行军，则适其于将来不能速战速决物质缺乏之大战，极为显著，故皇军利于守而不利于攻，应严防其思想之宣传，及不时之游击与出没无定扰攘后方之行军。

可以想见，当听到中国共产党领导的武装力量与国民党领导的军事力量即将联合抗日的时候，日本人会是一种什么样的心境。

阎锡山一贯奉行的是除了他的势力外谁也别想染指山西的政策。但是，现在有三股力量同时进入了他的地盘：蒋介石、共产党和日本人——在阎锡山看来，这三股力量都是他的敌人，可他无力消灭其中的任何一方。——如何在抗日又不公开与日本人拼杀、拥蒋又能始终保持山西的独立、联共又不真的与共产党人合作的分寸中取得平衡呢？

阎锡山说："我是在三颗鸡蛋上跳舞，踩破哪一颗都不行。"

在中国的地方军阀中，阎锡山与日本的关系最为密切。自一九零九年从日本陆军士官学校毕业后，他一直与日本保持着极为友好的联系。一九一七年，他从日本购买了一个炮兵营的装备；一九一九年至一九二零年间，他两次邀请中国驻屯军司令官铃木高桥访问山西；一九二八年，张作霖的顾问土肥原贤二到访山西时，受到他极为热情周到的接待；一九三零年，在与蒋介石进行的中原大战中败北后，躲避在大连的他受到日本人的精心庇护；一九三一年，在日本飞机的护送下他重回山西。阎锡山在山西的日子过得很不错，他对自己是全国皆知的亲日派颇为自得："在中国会走日本路线的，只有我阎锡山一个人。"中日关系紧张起来之后，现在率第五师团攻击平型关的板垣征四郎曾对阎锡山的部下说过："只要阎锡山不作一切抗日准备，永远与日本亲善友好，日本今后对他仍然尽力支持，给予应有的帮助。"阎锡山自己也认为："华北纵然被日本打进来，山西境内也不会发生什么战事。"

然而，日本人的企图是，把河北、山东、山西、察哈尔、绥远五省从中国的版图中分离出去。日方多次派代表来山西，企图利用与阎锡山的亲密关系，利用阎锡山与蒋介石的矛盾，拉拢阎锡山出面充当日本制造的"华北五省自治"政府的头面人物。但是，日本人意外地在阎锡山那里碰了钉子。阎锡山不是个糊涂人，除了作为中国人在民族大义上所秉持的基本底线外，他认为日本人严重地损害了他的利益。阎锡山将山西盛产的煤炭和铁矿运往日本，交换来大型工厂和其他机械设备，在山西建起了一个庞大的工业体系，这一体系需要巨大的市场来维系。可是自日军占领平津后，山西销往华北的煤炭已被日本人截断，支撑山西经济的棉花销售也受到了日货的冲击。日军占领热河后，把山西商人全部赶走，彻底破坏了山西钱庄和商人在热河的经济利益。更严重的是，日军相继侵占绥远和察哈尔一带，南下进入山西的企图十分明显。所以，摆在阎锡山面前的要害问题是，他必须要保住自辛亥年间成为山西大都督后苦心经营了二十多年的山西地盘："你们看看九叫乙的东四省（辽宁、吉林、黑龙江、热河），现在的察北，在这种情势下，要不想叫把自己的财产抢了，除过这一块土上的人大家起来抵抗死守，还有什么好法子？"

阎锡山与日本人翻脸了。

阎锡山是个喜欢自己创造名词、思想和理论的人。自决心抗日后，他提出的最著名的口号是"守土抗战"，阎锡山对这一口号的解释是："以反侵略反畏缩的意义，站在整个国家责任立场上，纯论是非、不顾成败的抗敌行为。"阎锡山不下决心便罢，下了决心就表现得十分强硬，声称："我已抱定决心，不惜牺牲性命，为救山西。但同时我也要擒住山西人，与我一块牺牲。"他训练山西的官员、民众和学生，组建起一支一万多人的"预备军官团"，同时大量吸引华北各省的爱国学生进入山西的军官学校，以至于太原大街上的人"至少有一半穿着军装。"阎锡山认为，他的晋军向来以"守"闻名，于是他提出的又一个口号是："能守住就能存在。"为了表示自己的抗战决心，他把父亲留给他的八十七万元遗产以他母亲的名义捐给了绥远前线。在阎锡山的带动下，晋军军官们纷纷捐款，山西的民众和学生也发起了节衣缩食运动支援抗战。

晋北战局的恶化速度，大大出乎阎锡山的意料，不到一个月的时间，日军就从绥远一直打到了内长城脚下，已经逼近太原。

阎锡山希望八路军能够发挥作用，凭他以往与共产党武装作战的经验，他知道八路军能够起到作用。

"八路军上来了"的消息迅速传遍全中国。

尽管换上国民党军的帽徽的时候，红军官兵的思想出现了波动，但经过耐心的讲解工作以及给每个官兵发子一枚"红军十年艰苦奋斗"奖章，红军官兵打鬼子的热情不断高涨。

一九三七年八月二十二日，八路军第一一五师三四三旅作为先遣部队从陕西三原出发，该师第三四四旅和直属部队相继跟进，于韩城东渡黄河；

第一二零师于九月三日从陕西富平出发，紧随第一一五师于韩城东渡黄河；第一二九师作为第二批出动部队移驻富平，并准备于九月三十日出发。八路军集结于晋北，一是因为这里是其从陕北开赴抗日战场最便捷的地方；二是因为晋北复杂的地形不利于日军坦克大炮等重武器作战，却有利于八路军发挥其山地游击战的优势。九月二十一日，朱德、任弼时、左权、邓小平等率八路军总部进抵太原。

八路军出发前，在陕西泾阳县的云阳镇召开了抗日誓师大会。会场上挂着"为保卫国土流尽最后一滴血"的标语，老百姓把会场外围挤得里外三层，很多人趴在树枝和屋顶上。在朱德的带领下，八路军官兵把《八路军出师抗日誓词》复诵得震天响：

日本帝国主义，是中华民族的死敌，它要亡我国家，灭我种族，杀害我们父母兄弟，奸淫我们母妻姐妹，烧我们的庄稼房屋，毁我们的耕具牲口。为了民族，为了国家，为了同胞，为了子孙，我们只有抗战到底。我们是工农出身，不侵犯群众一针一线，替民众谋福利，对友军要亲爱，对革命要忠诚。如果违反民族利益，愿受革命纪律的制裁，同志的指责。谨此宣誓。

八路军出发了。

正是收秋的日子，沿途的大道两边，老百姓摆着茶壶茶水和干粮鸡蛋。前方不断传来日军仍在向南推进的消息。过黄河的时候，八路军官兵默不作声，想起了去年红军东渡黄河时牺牲在这里的战友，船工的号子在沉寂的天地间此起彼伏。

八路军行军到达同蒲路，阎锡山派出的火车已在侯马车站等候。官兵们转乘火车一路向北，铁路两边开始出现躲避战火的难民了，官兵们知道离作战前线越来越近了。

第一一五师第三四三旅六八五团团长杨得志率领部队乘火车抵达太原车站时，已是午夜。杨得志奉命去城里的一个晋军招待所找到他的师长林彪并接受任务。太原城门紧闭，杨团长通过城门后，不认识城里的路，只好雇了辆黄包车。拉车的是个骨瘦如柴的老人，杨团长不忍心坐，可老人听说是八路军，不但愿意拉，而且怎么也不收钱。杨团长说，这不是车钱，是我们请您老人家吃顿饭，老人掉了眼泪。

　　见到师长林彪，林彪表情严肃：原定的作战计划有变。根据中共中央政治局洛川会决议，八路军的基本任务是：创建抗日根据地，钳制与消耗敌人，配合友军作战，保存和扩大自己。战略方针是：独立自主的山地游击战。作战区域是：冀、察、晋、绥四省的交界地带。当时毛泽东的设想是：把八路军的三个师集中使用，放在恒山山脉之中以开辟根据地。但是，现在敌情发生了变化：平汉路和津浦路上的日军推进到了石家庄和德州一线，平绥路上的日军占领大同后正沿着同蒲路南下，其第五师团更是南下到了平型关附近，中国军队第二战区部队已全面退守至平型关、雁门关内长城一线。毛泽东的判断是：日军采取的是大迂回战术，企图夺取太原，威胁平汉路的侧背，进而实现夺取华北五省的目标。因此，中共中央决定，改变八路军集中配置恒山地域的原定部署，改成配置于山西的四角。第一二零师转至晋西北地区；第一一五师进入恒山山脉南段并准备逐渐南移太行山和太岳山方向；第一二九师进至以吕梁山为依托的晋西南地区。这样的变更，能够对日军占领的中心城市和主要交通要道形成包围态势，可以保持八路军在战略上的主动，有利于山地游击战的开展，也有利于配合友军机动作战。但是，阎锡山集中兵力于平型关与日军决战的计划已定，并要求八路军出击日军的侧背。为了完成第二战区交代的作战任务，除命令第一二零师进至雁门关以西地区，侧击由大同南下的关东军察哈尔兵团以策应平型关外，八路军第一一五师还必须立即向平型关前进，迅速派出侦察分队侦察敌情和地形，准备投入作战。即将发动的平型关一战，无论采取什么形式作战，都已超出了"山地游击战"

的范畴，都将是一场与日军面对面的硬仗。

第一一五师转向平型关方向急速前进。

从太原乘火车继续往北，没走多远就遭到日军飞机的轰炸。待列车开到原平车站时，铁路被炸毁了，而这里距平型关尚有一百多公里。心急如焚的阎锡山立即派出一个汽车团前往接应，这个汽车团是阎锡山的宝贝，全团清一色的美式卡车——阎锡山不惜一切也要把八路军运送上去。

第一一五师赶到了平型关以西的大营，在那里撞上了从前线下来的溃兵，一问是从灵丘方向一路退下来的。第一一五师的战士拦住了他们，溃兵们指手画脚地向八路军形容日军的火力如何猛烈。

日军板垣征四郎的第五师团正向平型关直扑而来。

平型关，位于晋北繁峙县的东北方向，自古为交通要冲。其西面是恒山，东面是太行山，两山之间纵贯一条大道，即蔚代（蔚县至代县）公路。沿着这条公路，从蔚县以南的灵丘至平型关约三十公里。公路的两端地势较为平缓，只有小寨村至老爷庙一段地势险峻：两山夹着一条沟，沟深十至三十米、宽十至二十米，两侧陡壁如削。只要进入沟内，兵力和火力都难以展开，是个伏击歼敌的好战场。

此时，日军第五师团由浑源、灵丘和涞源分三路由东向西攻击，三路日军相距较远，攻击平型关的日军约为一个旅团的兵力。板垣征四郎深知平型关地势险要，因此在这个方向采取的是正面逼迫、侧翼强攻的战术，即用小部队抄小路插入平型关的侧后，以威胁正面阻击的中国军队。具体部署是：第二十一旅团旅团长三浦敏事率三个大队实施正面攻击，以第二十一联队队长粟饭原秀率两个大队偷袭平型关侧后。

中国军队平型关地区作战方案由第七集团军总司令傅作义、第六集团军总司令杨爱源以及第八集团军第一一五师联络参谋一起商定，并由第六集团军总司令部发布：正面主攻部队为第七十一师附新编第二师。第七十一师：一个团自团城口

35

至 2141·96 高地间沿着山麓向东再向南迁回，以团城口北面的蔡家峪、小寨为攻击目标；两个团由 2141·96 高地至西河口之间向东攻击，掩护团城口正面攻击部队的左侧，截断日军向北撤浑源之路，以平型关以北的王庄堡为攻击目标；一个团为预备队，由团城口附近前进。第十七军第八十四师固守平型关正面原阵地。独立第八旅以一部协助第七十一师攻击，以辛庄为攻击目标。八路军第一一五师担任敌后各地之攻击，以团城口以东的东河南至团城口以北的蔡家峪为攻击目标。

二十四日，傅作义进驻平型关以南的大营指挥部。

应该说，中国军队的作战计划，是一个很不错的局部围歼计划，即正面高桂滋的第八十四师死守不退，同时确保平型关侧翼在我手中，等日军进入平型关后，由林彪的第一一五师和郭宗汾的第七十一师两面夹击，将进入险要地段内的日军全歼。其要点是：正面要守住，出击要迅猛，配合要默契，歼敌要果断。

二十三日，第一一五师召开了连以上干部会议进行战前动员。晚上，师部率主力推进到平型关东南十五公里处的冉庄地区。二十四日，林彪和副师长聂荣臻根据地形勘察结果，确定在平型关东北方向的关沟至东河南村之间长约十三公里的公路两侧设伏。其部署是：以第三四三旅的两团担任主攻，其六八五团占领关沟至老爷庙以东高地，截住敌人的先头部队；六八六团占领小寨至老爷庙以东高地，分割歼灭沿着公路开进的日军，尔后协助六八五团向平型关以西东跑池方向发展。以第三四四旅六八七团占领西沟村、蔡家峪、东河南村以南的高地，断敌退路，阻敌增援；以六八八团为预备队，置于东长城、黑山村附近。师独立团和骑兵营插到灵丘、涞源、浑源之间地区，钳制和打击增援平型关之敌。

午夜，第一一五师在黑暗中冒着倾盆大雨向平型关开进，拂晓前全部进入阵地。

但是，就在第一一五师官兵向阵地前行之时，担任平型关正面阻击任务的第十七军第八十四师擅自放弃了阵地。

防守平型关正面阵地团城口的第八十四师，始终承受着日军的强大攻势，残酷的阻击战几乎一直未停，以致师长兼军长高桂滋不断地求援。第八十四师由原属西北军的陕军一部演变而来，在历史渊源上与阎锡山的晋绥军没有太多的关系。此次编成战斗序列时，在阎锡山和他的晋绥军将领们看来，第八十四师是"半嫡系的准中央军"，即他们通常所称的"客军"，既然是客就不是自家人。中国地方军阀间相互排斥和彼此掣肘的恶习，在战场上影响胜负的关键时刻再次显露出只管自己不顾其余的顽劣。高桂滋担负着最严酷的正面阻击任务，心里本已感受到晋绥军是在"欺客"；而面对高桂滋一再请求增援的电报，阎锡山的将领们本着"客军都是打一板子叫十声的"的观念，增援一事就是只说不做。最后时刻，高桂滋甚至在求援电报里用了"最后哀鸣，伏维矜鉴"的字样，声称"再无援军，只有出于冒犯军令进行撤退之尸途"。但第六集团军副总司令孙楚坚持说，所有部队都"同样受到猛攻"，没有多余的兵力派出。

为了堵住日军第五师团的攻击，第八十四师自二十二日起一直处于苦战中，战斗的第一天第二五一旅五零二团团长腹部中弹，营长李荣光阵亡。尽管部队伤亡巨大却依然坚持着，就是因为每每听说阎锡山的援军就要抵达。可是打到第四天，援军依旧不见踪影。日军的攻击已经不分白天黑夜，大雨中，第八十四师官兵不得不下半身浸在泥水里作战。第二五一旅旅长高建白火了：增援的时间一拖再拖，这是你们晋绥军的地盘，我们是来替你们打仗的，你们怎么能眼看着我们就这样死光？为了国家，军人理应报牺牲之决心挽救危亡，可是晋绥军也是身穿军服手持武器，却作壁上观！

当八路军第一一五师出击的时候，平型关的侧后阵地已经丢失，原计划与他们配合夹击日军的第七十一师出击道路被日军堵塞。二十五日拂晓，第七十一师按原计划出击，遭到日军猛烈炮火的拦截，日军居高临下地俯冲下来，将第七十一师压迫在了迷回、涧头的一侧。所谓"夹击围歼"的作战计划在八路军第一一五师出击之时已经成为泡影。

但是，第一一五师还是准时出击了。

共产党武装此时没有任何别的选择，只有不顾一切地向当面之敌勇猛地杀去！

团城口、鹞子涧、东西跑池一线，大约两公里的正面要点均被日军占领。日军认为一头控制了平型关人口，一头控制了灵丘城，这就等于控制了灵丘至平型关三十公里的通道。从军事常识上讲，这应该是一条安全的通道了。

因此，对于八路军的伏击，日军完全没有防备。

二十五日上午，日军第六兵站汽车队携带着大量辎重由灵丘向平型关开进。这是一支由八十多辆汽车、一百多辆马车和几百名官兵组成的庞大队伍。大雨后的道路泥泞不堪，几乎所有的日军官兵都坐在车上，山谷狭窄，车马拥挤，行进缓慢。由于自认为道路安全，加之进入中国后所向披靡，因此日军竟然没有派出尖兵开路，也没有派出搜索队对道路两侧进行侦察，而是堂而皇之开过来了。上午十时左右，日军前锋出了南面老爷庙沟口，后卫也过了北面的小寨，蔡家峪以东看不见日军了。日军已全部进入了八路军第一一五师的伏击圈。

负责迎头截击的是杨得志的六八五团。

这个团是共产党武装力量的老底子部队之一，三个营都有着光荣的历史，三位营长都是红军时期的干部：一营是朱德从南昌起义带出来的部队，营长刘正；二营是毛泽东从秋收起义部队中带出来的，营长曾国华；三营是赣西南黄公略领导的红三军的底子，营长梁兴初。全团许多战士都是经历过万里长征的了不起的士兵。

包括杨团长在内，六八五团全团没有一块手表，官兵们不知道确切的时间，直到听见了日军的汽车马达声传来。大雨停了，地还是湿的，官兵们伏在地上，军装都湿透了，远远地看到了第一辆汽车上的太阳旗，然后看见了坐在车上头戴钢盔、身穿黄呢大衣、把上了刺刀的步枪抱在胸前的步兵。这是八路军官兵第一次见到日军。

他们的印象是："真有些不可一世的味道。"

第一辆汽车到了六八五团阵地前，杨得志团长发出了开火的命令。自入侵中国以来，日军魂飞魄散的时刻终于来临了，八路军的子弹和手榴弹从天而降，日军的汽车和马车相互撞击着，步兵们惊慌失措地滚下车来四处散开。火焰在公路上冲天而起，日军官兵的身上鲜血直流，到处是惊叫声。短暂的惊慌之后，日军军官们举起了指挥刀，士兵们从汽车底下爬出来，开始形成战斗小组，向公路边的高地冲去。

六八五团一营冲到公路边，一连和三连抢先一步冲上高地，把正在攀爬的日军打了下去。然后转身一个反冲锋，把眼前的这股日军消灭了。四连在抢占高地时晚了一步，冲击时连长负伤，一排长替代指挥位置，全连分成两路猛攻，最终把爬上高地的日军逼回了公路。这时候，日军的飞机来了，低空盘旋着，但无法射击和投弹，因为双方已经完全混战在了一起。

最激烈的白刃格斗在二、三营的阵地上展开。二营五连连长曾贤生同志，外号叫"猛子"。战斗打响前，他就鼓励部队说："靠我们近战夜战的光荣传统，用手榴弹刺刀和鬼子干，让他们死也不能死囫囵了。"发起冲锋后，他率先向敌人突击，二十分钟内，全连用手榴弹炸毁了二十多辆汽车。

在白刃战中，他一个人刺死十多个日本兵，身上到处是伤是血，一群日军在向他逼近……曾贤生同志拉响了仅剩的一颗手榴弹，与敌人同归于尽。他的壮烈行为鼓舞着我们，更鼓舞着他身边的战友。这个连的指导员身负重伤，依然指挥部队，排长牺牲了，班长顶替，班长牺牲了，战士接上指挥。就这样，前赴后继，打到最后，全连只剩下三十多位同志，仍然顽强地与敌人拼杀！三营的九连和十连冲上公路后，伤亡已经很大，但他们依然勇敢地与敌人拼杀，以一当十，没有子弹了就用刺刀，刺刀断了就用枪托，枪托折了就和敌人抱成一团扭打，哪怕只有几秒钟的空隙，他们也能飞速地拣起石块将日本兵的脑壳砸碎。战斗到最后，两个连队眼睛都打红了，尽管伤亡都超过了半数，战斗情绪却依然旺盛得很。

这是血战，是意志的搏斗，也是毅力的考验。

六八六团出击前，每人只发了一百多发子弹和两颗手榴弹。由于向阵地运动时突遇山洪暴发，官兵们个个满身泥水，嘴唇发紫，趴在地上冷得发抖。

这个团位于伏击圈的中部，只等前面的六八五团一打响，他们就冲下去。但是，还没听见六八五团枪声的时候，面前的日军却停了下来，而且还向两侧开枪射击。无法判断这是盲目射击，还是敌人发现了什么，于是出击的命令下达了。

公路上短暂的混乱之后，日军纠集起战斗序列开始向老爷庙高地冲锋。此时六八六团三营奉命抢占老爷庙高地，当官兵们呐喊着冲上去时，瞬间就与日军面对面撞在了一起。团长李天佑在电话里得到报告说，三营营长负伤，九连的干部全打光了。李天佑严令三营不要怕伤亡，坚决地冲上去！命令下达后，三营再也没有关于伤亡的报告。老爷庙高地前的四十多米的斜坡上，双方肉搏战持续了近两个小时，到处是双方官兵的尸体，最终日军支持不住退了下去。六八六团占领老爷庙高地后不久，日军重新集结向老爷庙高地展开集团冲锋，六八六团死顶不退，一直坚持到六八七团攻了上来。

六八七团负责的是攻击日军行列的尾部，然后向前压缩。当日军在老爷庙打开突围缺口的企图绝望后，又转向团城口方向冲锋，第一一五师投入了预备队六八八团，得以形成将日军包围的态势。之后，残酷的近战持续到傍晚，直到"马路上、山沟里，半山上所有望得见的地方，再没有活着的敌人"。

就八路军官兵而言，无论多么身经百战，还是被眼前残酷的战斗情景震惊了。在他们的战斗经历中，之前没有遇到过如此顽凶的敌人。完全可以把躲在汽车下已被包围的日军士兵击毙，但八路军官兵没有开枪，而是像往日里一样俯下身子喊：出来吧！但是，出来的不是人而是子弹。直到这时候，八路军官兵才明白这是日本人。遇到负了重伤的日军士兵，八路军官兵本能地要为其裹伤，却被伸过来的刺刀猛地戳进了胸口。——即使战场上的战斗已经结束，双方的伤员依旧扭打在一起，直到其中的一方死亡为止……

日军第六兵站汽车队《参加平型关作战的战斗详报概要》显现出他们对所遭遇的对手极为困惑，

因为这个对手不但拥有不可比的勇敢，而且其战斗员"均为二十岁以下的少年兵"：

  ……车队以矢岛中队在前、中西中队在后的顺序前进，队长的位置在接近矢岛中队前列的地方。矢岛中队的全部、中西中队的一半进入凹道时（九时三十分），忽听前方的喊声，我方同时受到来自两侧悬崖约一个旅敌人的攻击，战斗即刻开始。敌人向我射击、扔手榴弹。由于先头的自卫队受敌压迫，中队长即命第一小队长一并指挥自卫队向敌发起进攻，同时向队长报告了进攻决心。随即遭到右侧高地上的重机枪、迫击炮的射击……此时，汽车队本部陷入敌重重包围之中，队长派出传令兵向旅团告急……后续的中西中队已在远方左侧高地上开始散开射击。另外，前面的自卫队不断出现战死者，敌向第二小队背后逼来，中队完全陷入敌之重围。

上午十时三十分，旅团派来援兵一个步兵小队，乃命其在中西、失岛两中队之间投入战斗……十一时三十分，传令兵带来队长战死的消息，大家愤慨万分（此系误传，从第一小队长处获悉，队长被手榴弹炸伤）。但其后接到队长遭左侧高地重机枪扫射而战死的可靠消息后，中队长命令边烧掉汽车边后撤，时间为十二时四十分……当面之敌几乎均为二十岁以下少年兵，作战勇敢，远非以前所遇之敌可比，或为以学生等组成的军队。再者，其战术类似苏军之战术，显系在其指导之下。

二十五日十二时半，日军第五师团获悉其补给部队被伏击围歼的消息。位于蔚县指挥作战的板垣征四郎立即命令第二十四联队第三大队从灵丘出发前去救援。二十六日，第三大队到达那条遍布着日军尸体的公路上时，八路军第一一五师已经撤出。

平型关伏击战，八路军第一一五师伤亡六百多人。尽管伤亡很大，但这无疑是一次惊人的胜利，是中日全面开战以来中国军队第一次打赢歼灭战，且因缴获了大批步枪、机枪、子弹而斩获甚丰。

但是，从平型关战场的全局看，从中国军队最初的战役设想看，整个战役存在着巨大的遗憾，以至于阎锡山对此咬牙切齿："高桂滋放弃团城口，比刘汝明放弃张家口，更为可杀！"仅就当时中日双方的兵力对比和战场态势上而言，如果中国军队各部坚决贯彻作战计划，彼此之间紧密协同配合，完全有可能打一场更大规模的歼灭战，并一举改变晋北战事的被动局面，为日后作战奠定更为有利的基础。

但是，一切都已再无可能。

日军第二十四联队第三大队抵达战场后随即投入作战。同时，由大同南下的关东军察哈尔兵团混成第二旅团也从浑源出动以增援团城口地区的作战。二十六日，日军与中国守军第七十一师和独立第八旅展开激战，第七十一师陷入包围，苦战待援。关东军察哈尔兵团混成第十五旅团当日攻击茹越口，受到中国守军第三十四军的阻击。战场僵持时刻，受八路军第一一五师胜利的鼓舞，阎锡山认为可以把日军挡在乎型关外，于是彻底放弃了原定作战计划。

二十八日，为了打破僵局，阎锡山和杨爱源、孙楚、傅作义等人共同商定了一个决战方案，除了要求第七十三师和第七十一师坚守阵地外，命令第六十一、第三十五、第三十三军相互配合，向平型关外全面出击，对日军实施围歼。计划刚刚制定完毕，傅作义急调第三十五军参战，部队尚未部署展开，战场恶化的消息已至：进攻茹越口的日军第十五旅团冲破了中国守军防线。二十九日，越过茹越口的日军向南面的铁甲岭攻击，中国守军阵地再失，导致第三十四军向繁峙撤退。第十九军军长王靖国命令独立第二旅侧击茹越口之敌，试图从背后威胁进攻繁峙的日军，但该旅尚未立稳就被日军冲垮了。当晚，繁峙城被日军占领。第三十四军再退时各部都受到日军的凶猛追击而无法立足。

茹越口与繁峙的失守，令两路日军从北南两面逼近了雁门关。

此时，在雁门关以西的太和岭口前敌指挥部里，阎锡山坐卧不安。最后，第二战区执法总监张培梅劝阎锡山不要犹豫了赶紧走。"阎于是准备起身，他带了个修路队，前往繁峙县砂河镇，阎在砂河镇附近的一个村内召开军事会议。"砂河镇，阎锡山在大战前计划把日军放进来彻底围歼的地点，现在他在此开会研究的已不是围歼日军而是下一步如何是好。

一九三七年九月三十日的深夜，在砂河南山山麓的一个小村庄里，阎锡山和他的幕僚以及将领们陷入苦思。

多数将领，特别是傅作义的意见是：目前的战局并没有恶劣到不能打下去的程度。八路军第一一五师在平型关给一部日军重创，从灵丘方向来犯的日军第五师团前方受阻、后方断绝，接济已成问题。而从大同方向来犯的关东军察哈尔兵团虽闯入茹越口占据了繁峙城，但究竟距离板垣征四郎的第五师团还有上百公里，仅能起到声援的作用。中国军队第二战区的主力还有大部布防于雁门关和恒山，兵力尚算得上雄厚，如果动用主力首先围歼闯入茹越口的日军，不但能打破危局，还很有可能创造平型关前的另一个胜利。

无奈，此时的阎锡山，作为战场的主帅，已经"心怯胆寒"，他终于明白了"强国以武力为后盾，弱国以决心为后盾"。由于繁峙城被日军占领，阎锡山现在等于置身前敌，一旦日军扑过来危险的不仅是全局还有他本人。这个意思被阎锡山的五台山老乡第六集团军总司令杨爱源说了出来。杨爱源说，东条英机的兵团里有不少伪蒙军，这些伪蒙军都是热察地区的蒙古人，这些蒙古人有年年朝拜五台山的习俗，因此他们熟悉从繁峙城经过�破口上五台山的每一条大小路径。一旦他们冲击碰口直上五台山，阎长官回家的路不就断了吗？

当晚阎锡山乘坐汽车上了五台山。

晋北战场下达了全线撤退的命令。

按照阎锡山的命令，杨爱源、傅作义、孙楚等人决定各军向五台山、云中山、芦芽山一线撤退，主力集结布防于忻口与忻县之间以拱卫太原。

将领们的失望情绪溢于言表，认为阎锡山辜负了前线的形势。此时，在平型关、团城口方向，孙楚的第三十三军、郭宗汾的第七十一师、陈长捷的第六十一军，已经先后投入战场，对日军第五师团主力苦战半月，各部队兵员死伤近万。特别是八路军第一一五师已经抄到灵丘敌之后方，完全可以大军出关以围歼日军第五师团。仅仅因为一部敌人侵入茹越口，袭占繁峙城，就"疑惧丛生"地决定全线撤退，致使中国军队主动放弃了适时进击重创日军的机会，此乃"辜负多矣"。

但是，无论如何，在晋北战场上，八路军第

一一五师在平型关取得到战果令全中国人民"曷胜喜慰"。

蒋介石贺电：

阳曲。朱总司令、彭副总司令勋鉴：

寝寅（二十六日寅时）电悉。

有（二十五）日一战，歼寇如麻，足证官兵用命，指挥得宜。捷报南来，良深嘉慰。

尚希益励所部继续努力，是为至盼。

中。俭（二十八日）。侍参。京。

从军事规模上讲，八路军第一一五师的平型关一战，只是一场规模有限的伏击战。然此战之所以能引起"举国同欣"，是因为八路军以有限的兵力和简陋的武器，在对日战争初期给中国的民族精神和军队士气注入了令人振奋的鼓动。此战至少带来了这样的社会效果：为了民族大义，中国共产党真心诚意地与国民党人携手联合，真刀实枪地也开赴抗日战场对敌作战。过去国民政府总在说，共产党武装是一群穷途末路的乌合之众，现在八路军不但能打敢拼，而且面对强悍的日军打了一场胜仗。这足以证明一个真理，那就是只要中国人挺起腰杆拿起武器，抗战的胜利就有希望！

在那段历史时期，对于中国，希望比金子都宝贵，尽管抗战的艰辛之路漫长得看不见尽头。

第十章　台儿庄是吾人光荣所在

台儿庄位于山东峄县东南，北接津浦路的台枣支线（台儿庄至枣庄），南临陇海铁路，西南距徐州五十多公里。大运河从庄南流过，水深两米多，自古便是鲁南的水陆码头。台儿庄名为"庄"，实际上是一座有环绕寨墙并有六个寨门的市镇，寨墙虽两丈余高却由砖土砌成，六个寨门分别是：西门、西北门、北门、东门、东南门、南门。城北是一片开阔地，矗立着大小碉楼数十座，西面是铁路，东面散布着村庄。

第五战区司令长官李宗仁后来记述，他对日军狂妄地孤军深入是有所预见的："我当时的作战腹案，是相机着汤军团让开津浦路正面，诱敌深入。我判断以敌军之骄狂，矶谷师团长一定不待蚌埠方面援军北进呼应，便直扑台儿庄，以期一举而下徐州，夺取打通津浦路的首功。我正要利用敌将此种心理，设成圈套，请君入瓮。"由此，李宗仁拟定的作战计划的要义是：汤恩伯部提前集结于峄县以北，台儿庄防御仅仅是正面阻击和牵制，待沿台枣支线南下的日军被阻挡在台儿庄时，汤恩伯部将从日军的侧背突然发起攻击，压缩并歼灭日军于微山湖畔。这一计划的合理之处在于：南下冒进的日军兵力不大，且深入了中国军队阵线的腹地，只要不让日军很快地冲过去，在汤恩伯部主力的包抄侧击下，冒进的日军定会陷入进退两难的境地。这时候，只要中国军队勇猛出击，紧密配合，完全可能给予南下的日军以重创。这个先把主力藏起来、然后再杀回来的战术，被李宗仁称之为"轴回旋"。

之所以选择汤恩伯的第二十军团担任侧击日军的主力，其根本原因还在于汤恩伯部属于精锐的中央军部队。军团下辖第十三、第五十二、第八十五军。第十三军军长由汤恩伯兼任，下辖第一一零师，师长张轸。第五十二军军长关麟征，下辖第二师，师长郑洞国；第二十五师，师长张耀明。第八十五军，军长王仲廉，下辖第四师，师长陈大庆；第八十九师，师长张雪中。"该军团装备齐全"，是当时中国陆军中的"精华"。负责台儿庄正面防御的，是从第一战区调来的孙连仲的第二集团军。该集团军名义上下辖两个军，即田镇南的第三十军和冯安邦的第四十二军，但在之前的平汉路和娘子关作战中，冯安邦的第四十二军损失惨重，仅仅剩下一个空架子，孙连仲多次请求补充都未获批准。所以，此时的第二集团军，实际上只有三个师可以参加作战，即黄樵松的第二十七师、张金照的第三十师和池峰城的第三十一师。

第二集团军属西北军旧部，来徐州战场前被调来调去：先从山西调到河南与湖北交界处的武胜关一带修筑国防工事；后又奉命把修了一半的国防工事交给滇军第六十军，部队北调至郑州附近去守黄河；刚走到黄河边上，听闻藤县已经失守，于是奉命东进徐州，归第五战区司令长官李宗仁指挥；走到半路，又接到命令，要求赶赴台儿庄地区归汤恩伯指挥。此时，孙连仲的任务仅仅是牵制住日军，以便汤恩伯部主力从侧背出击。

因部队过郑州时师长池峰城因事停留，李宗仁将师参谋主任屈伸叫到了徐州，当面交代给第三十一师的任务是：背靠台儿庄，向北面的峄县出击诱敌；在日军受到引诱发起进攻时，坚决守住台儿庄阵地。李宗仁说："敌如出而迎战，贵师应尽力堵击，迨汤恩伯军团进击侧背，全力压迫敌人于微山湖畔聚而歼之；敌如固守待援，贵师应尽力牵制，监视敌人，掩护关麟征军北上与王仲廉军协力包围攻击，歼灭枣庄之敌，再回师合击峄县之敌，将战线推进到兖州以北。为了协同方便，贵师即暂归汤军团长指挥。"

师长池峰城赶到台儿庄后，正在北上的第二十军团路过台儿庄南车站，池峰城在车站里会晤了军团长汤恩伯和第五十二军军长关麟征。汤恩伯表示："贵师任务重大，务须努力堵击敌人南进"。而他的部队将在第三十一师与敌接火后，"不顾一切，马上抄袭敌之侧背"，绝不会让贵军"孤军苦战"。为了届时紧密协同，请池师长暂接受关军长指挥，"一切细节问题请与关军长就近协商"。池峰城立刻向关麟征询问了他最关切的一个问题，即一旦第三十一师与日军打起来，第五十二军何时才能发起侧击？换句话说，第三十一师在台儿庄，到底坚守几天才算完成任务？关军长的回答毫不含糊："贵师与敌接触，枪声一响，我们便能马上回援，按距离算，最多不出一日定可回援。贵师守台儿庄，能坚持三天即算完成任务。"

池峰城师长无论如何也想不到，后来战局的演变与关军长的承诺毫不沾边，他的部队不但变成了日军的主攻对象，他负责防守的台儿庄也变成了战区的主战场；而且，围绕着台儿庄的惨烈战斗，竟然持续了半个月之久，其间每一天的每一分每一秒，他都在苦盼着李宗仁的那个"轴回旋"立即实施，苦盼着汤恩伯部能"不顾一切""马上回援"。他不得不"孤军苦战"，在这些血肉横飞的日子里承受利刀剜骨般的煎熬。

第二集团军抵达台儿庄后，孙连仲将他的三个师铺开设防：第三十师在左翼，第二十七师在右翼，第三十一师在中间防守台儿庄。第三十一师下辖两个旅四个团，加上师直属各部队，兵力约万余人。官兵手里的步枪型号很杂，以汉阳造的七九步枪居多，还有日本三八式和六五式以及少量的捷克式七九枪。每连有轻机枪三至四挺，每营有重机枪三至四挺，每团迫击炮连有八二迫击炮四门。全师配属一个炮兵营，有野炮十门。

刚进入台儿庄的时候，这里的店铺还在营业，街上的行人也是悠闲的神情。但是，一看到第三十一师官兵驻扎下来，听说这里将要和日本人打仗时，一夜之间台儿庄成了一座空城。

天黑了，关麟征的第五十二军将运河南岸防务，移交给军团直属的第一一零师，然后经台儿庄、兰陵镇到达枣庄以东的向城一带；王仲廉的第八十五军则在峄县与韩庄一线与日军脱离接触，然后转移集结在枣庄以北的抱犊崮山区里。这是在执行李宗仁的"让开津浦路正面"的设想。

二十三日拂晓，按照李宗仁诱敌深入的计划，第三十一师开始向台儿庄以北的峄县方向主动出击，实施佯攻诱敌。汤恩伯说，日军占据的峄县城池很坚固，必须把他们引出来。第三十一师派出了由连长刘兰斋率领的骑兵连，由一八五团一营副营长王保坤率领的加强步兵连，第九十三旅旅长乜子彬则率一八五团主力随后跟进。此时，日军台儿庄派遣队正沿台枣支线南下，两军在峄县以南约二十里的康庄、赵庄附近遭遇，第三十一师的骑兵连和加强步兵连且战且退。接近中午时分，日军增加三百余兵力，又增加了七辆坦克，沿着铁路线凶猛地向前突击，骑兵连和加强步兵连分别陷入包围，剧烈的交战中伤亡惨重，一营副营长王保坤、加强连连长寇宝珍均阵亡。下午十四时，日军逼近铁路西侧的北洛并发起攻击，第九十三旅的简易工事被日军炮火摧毁，一八五团坚持至傍晚时分，团长王郁彬指挥官兵退守南洛。

濑谷启从战场上的中国战俘那里得知：峄县以北有汤恩伯部的四个师，拟于二十四日发起攻击。濑谷启当即决定：支队主力集结在临城、峄县一带，准备与汤恩伯部展开决战，以确保徐州北面的门户韩庄以及台儿庄附近大运河一线。只是，他并没有改变台儿庄派遣队的任务。此时，中国第五战区的将领们尚未摸清日军的真正意图，认为日军向台儿庄方向的攻击是试探性的，日军的主要作战目标是在峄县附近与汤恩伯部决战。那么，只要明天日军不继续向台儿庄靠近，以台儿庄为靠背的诱敌深入计划就仍需维持。依据这一判断，二十三日晚，池峰城师长下达的作战命令依旧是：与当面之敌保持接触，吸引敌军南进，以协力汤恩伯军团之攻势，歼敌于台儿庄以北地区。

令中国官兵印象深刻的是：日军向台儿庄进击的兵力并不大，但是在接敌的第一天，骑兵连和加强步兵连就有百余人阵亡，且多是陷入包围后被日军屠杀。日军残暴而凶悍的杀伤力，令必须主动接敌的第三十一师官兵有了隐隐的不安。

二十四日拂晓，中国空军出动十四架战机，轰炸了韩庄、临城和枣庄一带的日军据点。濑谷启知道，这是中国军队发动大规模攻击的先兆。濑谷支队主力集结在临城、峰县一线，却一直没有等来中国军队的任何动静。汤恩伯并没有按照预定时间发起攻击，他的军团部和第八十五军仍停留在抱犊崮山区里，只有关麟征的第五十二军到达了预定进攻位置——枣庄东面的鹁鸪窝、郭里集一带，并在那里与濑谷启指挥的沂州支队形成对峙。这个时候，日军台儿庄派遣队仍在向台儿庄推进。

二十四日早七时，台儿庄派遣队从北洛出发，其前锋试探性地攻击了孙庄，在第三十一师的抵抗下没有进展。两个小时后，日军后续部队抵达，在二十余门火炮的掩护下，向北洛以南一线发动了猛烈攻击，台儿庄以北的刘家湖各村相继失守，第三十一师官兵一边抵抗一边逐次后退。中午，日军飞机对退入台儿庄东北方向园上村内的中国守军进行了轰炸，守军伤亡殆尽时日军占领了园上。

从刘家湖和园上村，日军已经能够看见台儿庄单薄的寨墙了。

日军台儿庄派遣队单刀直入，根本不管置于侧背的汤恩伯部，其一路进击的方向始终是台儿庄，而濑谷支队主力则集结在台儿庄派遣队身后，随时以备汤恩伯部不测。池峰城师长终于意识到，日军台儿庄派遣队既不是在试探性攻击，也从没有为中国军队所诱，其作战任务就是占领台儿庄，他的第三十一师已经坐在了火山口上。

池峰城立即联系汤恩伯部以求获得支援，汤恩伯回电的意思是，他的第二十军团已向台儿庄以北走出很远，正在枣庄东南方向的郭里集与日军"激战"，无法南下"回旋"台儿庄助池峰城部歼灭"当面之寇"。

池峰城没有别的办法，只有命令一八五团不惜一切代价向刘家湖反击，命令一八六团务必收复园上村而"固守之"，以重新构筑起台儿庄北面的外围防御线。下午十四时，一八五团由南洛突然出击，日军猝不及防，出现伤亡后撤退，刘家湖阵地得到收复。但园上村里的日军据守不退，一八六团的反击没有成功。刘家湖阵地刚刚稳定，日军突然又反攻而来，致使台儿庄北面阵地全面陷入激战，一股日军突破了中国守军防线直逼台儿庄城下。日军集中起炮兵火力，对台儿庄实施了破坏性轰击，第三十一师师部所在的南车站大楼被击中，师部被迫转移到车站附近的一座铁路桥下。台儿庄的北面都是开阔的平地，日军迫近寨墙时不得不暴露在中国守军的火力之下，每前进一步都要付出巨大代价，

65

日军士兵只好疯狂地挖掘临时掩体，挖出一个坑趴在里面不敢抬头。为了压制中国守军的火力，日军再次对台儿庄寨墙进行了四个小时的轰击，致使北部寨墙多处倒塌，形成几个大缺口，数股日军从缺口冲入。危急时刻，一八六团团长王震、团副姜常泰率领预备队紧急增援，中国守军的轻重机枪向突入的日军猛烈扫射，日军在伤亡不断的情况下仍持续冲锋，两军在寨墙附近混战在一起，战斗中王震团长和团副姜常泰均负重伤。池峰城派副师长康法如上来顶替王震指挥，可康副师长刚上来便身负重伤，池峰城又派参议王冠五上来指挥。经过死战，中国守军终把突入寨内的日军逼退，北寨墙外的日军遗尸后撤。

台儿庄激战之时，二十三日蒋介石抵达徐州视察，并让随行的副参谋总长白崇禧、军令部次长林蔚和作战厅长刘斐留下来，协助第五战区指挥作战。台儿庄受到的猛烈攻击，令包括蒋介石在内的所有人颇感意外，或许此时李宗仁才意识到，让孙连仲部诱敌深入、再让汤恩伯部猛烈侧击，以图压缩日军于微山湖畔将其歼灭的"轴回旋"计划过于夸张了，台儿庄才是这股日军必要攻克的战略要点。于是，第五战区改变了作战部署：命令第三十一师防守台儿庄，取消原定之诱敌任务，并增调一个炮营兵携带七十五毫米野炮十门、一个机械化野战重炮兵连携带一百五十毫米榴弹炮两门以及铁甲车第三中队，全部配属给第三十一师。同时，解除第三十一师归属汤恩伯指挥的命令，将第三十一师交还给孙连仲的第二集团军指挥。

孙连仲随即命令第三十一师全力死守台儿庄，命令右翼黄樵松的第二十七师火速增援台儿庄，然后他把自己的集团军总指挥部，前推到距台儿庄不足两公里的一个小村庄里。尽管处在日军火炮的射程内，但这个小村庄实在是太小了，以至于日军始终未能判明这里就是孙连仲的指挥部。按照规定，总指挥部的位置，应距战场第一线二十公里，但孙连仲率领他的参谋们上了前沿，足见其决心死守台儿庄的决心。

二十四日凌晨五时，黄樵松的第二十七师从山东与江苏交界处的柳泉、贾汪地区徒步向台儿庄开进。黄昏时分，第二十七师全部抵达并在规定地域展开：第七十九旅在铁路以西，第八十旅在铁路以东，师部与直属队在台儿庄以西约十公里处的贾桥。午后，集团军总司令孙连仲命令第二十七师，以一个营接替第三十一师的运河防线阵地，其余部队皆立即开赴台儿庄"暂归池师长指挥"。

午夜，白崇禧在孙连仲的陪同下来到第二集团军指挥部。了解敌情与战况后，白崇禧认为："敌将以一部牵制我汤军团，而以主力攻略台儿庄，以崩坏我迂回军之旋转轴。"我诱敌部队变成了敌主攻目标，我主攻部队变成了敌牵制对象，第五战区精心策划的"轴回旋"计划，于作战发动之际其"轴"就已"崩坏"了。临走，白崇禧嘱咐池峰城师长："台儿庄乃徐州屏障，今此要点，已非汤军团之旋转轴，乃战区旋转轴也，期能三日守，俾战区获得时间余裕，敌可就歼也。"

同是这天晚上，濑谷启收到了台儿庄派遣队受到攻击请求增援的电报，他当即派出两个中队携带两门重炮南下增援台儿庄。日军第十师团长矶谷廉介得知台儿庄派遣队受挫后，决定由第六十三联队福荣大佐率领第三大队赶赴台儿庄指挥攻坚。

除了死守台儿庄之外，孙连仲已没有别的选择，但他知道进攻是防御的最好手段。二十五日凌晨二时，他命令部队北出向台儿庄外围的日军实施反击。在漆黑的夜色里，一八六团一部佯攻孟庄，主力则向园上村实施反击，日军据守在园上村的民房和碉楼里，反击部队因遭到炮火杀伤而无大进展。一八五团一部攻击裴庄的日军，经过激战双方形成对峙。一八二团向沧浪庙方向的反击取得成效，日军开始向园上方向撤退，一八五团乘机攻占了裴庄。中国官兵从缴获的文件中得知，日军第六十三联队第三大队已经到达战场。

凌晨四时半，第三十一师师长池峰城发布命令：

一八一团固守现位置，主力在台枣铁路线东侧，于日军南进时实施侧击，同时把台儿庄以北刘家湖附近的公路尽量破坏；一八六团参加反击作战的部队尽快回撤，加强台儿庄内城防工事；一八二团回撤北车站，作为全师预备队；炮兵七团占领并开设炮兵阵地。之后，池师长亲自带领铁甲第三中队出台儿庄向北，于凌晨六时抵达南洛村北端，然后指挥炮兵向北洛及刘家湖的日军据点开始轰击："敌顿形惊慌混乱，杀伤甚大，敌旋以炮还击，伤我士兵两名，机枪一挺，即撤回车站。"

天亮了。日军在飞机轰炸和炮火轰击后，猛攻南洛附近中国守军阵地。第三十一师两次北出台儿庄增援，依旧没能抵挡住日军步兵的冲锋，南洛北面的阵地失守，守军两个连的官兵全部阵亡。接着，南洛以东的刘家湖阵地失陷。为争取主动，第九十三旅旅长乜子彬率一八五团向南洛攻击前进。上午十时，部队行进到刘家湖附近时，乜旅长发现村东北的小树林里有日军的炮兵阵地，大约十门火炮正疯狂地向台儿庄方向轰击，三营营长高鸿立决心把那十几门大炮夺到手。

　　高是农民出身的军人，性格刚直粗犷，一向作战勇敢果决。马上在麦田里集合全营部队，指着那片小松林说："你们瞧，轰炸我台儿庄的炮弹，都是从那里发射的。我们要把狗日的那十几门炮夺回来，杀杀鬼子的威风！你们敢不敢？"

　　话音刚落，高鸿立忽地把上身的棉军衣和衬衫全脱下来，左手握着手枪，右手举起大刀，赤胸露臂，以洪亮的声音喊道："敢随我去夺炮的要像我一样！"话未说完，全营官兵霎时间全把上衣脱得精光，端着上了刺刀的步枪，在高营长率领下，白光闪耀，直向小松林冲去。敌人见此情景，惊恐万状，一面以步枪向我高营阻击，一面拉出炮车掉头向东遁逃。高营官兵一片喊杀声随后追击。

正在追击中，北面突然出现日军的千余步兵和二十多辆坦克，见到自己的炮兵被中国军队追得在麦田里狂奔，日军坦克立即迎着高营长的部队冲过来。中国官兵没有打坦克的武器，很快就被日军冲散，各自为战地与日军步兵厮杀在一起。一八五团团长王郁彬闻讯，率一营和二营赶去增援，于是，一场更大规模的肉搏战在麦田里展开。喊杀声、枪弹声、坦克的轰鸣声和刺刀的碰击声汇成一片。双方血战两小时，待旅长屯子彬前来解救时，王郁彬团长的大腿被子弹洞穿，高鸿立营长头部负伤，一营和二营营长都已阵亡，一八五团连以下官兵阵亡了一半以上。尽管一八五团付出了巨大代价，"但使一向骄横的日寇认识到中国人的骨头还不是他们想象中的那样好啃的"。

外围的受袭，并没有阻止日军攻占台儿庄的决心。

二十五日下午，在日军猛烈的炮击下，台儿庄北门以及附近寨墙"倒塌数丈"，日军步兵从缺口处向庄内猛突。为减缓庄内守军的巨大压力，台儿庄外围部队奉命发起侧击，由于火力弱没能减缓日军的强攻，台儿庄北门最终被突破，两百余名日军冲了进来。守寨墙的一八六团官兵奋力反击，以四百余名官兵伤亡的代价将缺口封堵，但一部分日军被堵在了庄内的大庙里。这是台儿庄城内的一座城隍庙，楼高院深，里面长满蒿草，中国士兵放火将草点燃，致使大庙燃起熊熊烈火，窜进来的日军官兵全部被烧死在里面。

这一天，战场上终于传来了汤恩伯部的消息：集结在枣庄以东的关麟征的第五十二军第二十五师第七十五旅一部，与濑谷启指挥的日军沂州支队前锋小部队发生了战斗；第五十二军的第二师也从鹁鸪窝方向对枣庄发起攻击，激战两昼夜后一度占领了大部市区，但随即便遭遇了增援日军的强力反击。师长郑洞国向汤恩伯求援，汤恩伯率第八十五军主力仍在抱犊崮山中，接到电报后仅派出一个旅，这个旅又只派出一个团，这个团也就派出了几个排，在枣庄外围骚扰一番就撤走了。关麟征军长怒火中烧："汤先生是我们的老长官，对我们也玩弄这一手，实在太不应该。"但是，汤恩伯给李宗仁发去电报报告的却是："枣庄之敌约一联队，经我第四师猛攻后，即退入枣庄大部之中兴煤矿公司顽强抵抗。该公司房屋坚固，敌并设外壕电网，不易攻击。枣庄西部均为我占，并经火焚烧敌战车七八辆。刻乃激战中。经饬该师如再不能奏效，即以一部对敌监视，主力仍撤回枣庄以北高地，本晚再行攻击，并一部进出枣庄南端之铁路线上夹击之。峄县县城及其附近有敌约三千余人。关军昨晚已开始攻击，请饬空军迅速前来轰炸枣庄之中兴公司及峄县县城。"汤恩伯明知台儿庄正遭受日军持续猛烈的攻击，却按兵不动，反要空军来轰炸他的部队所在战场上的日军。

台儿庄中国守军在数量上是日军的五倍，但装备上却与日军相差甚远。日军除了有大量飞机助战外，重型火炮的优势十分明显，步兵还配属了大量坦克。孙连仲部既没有坦克，也没有反坦克武器，官兵们只能依靠血肉之躯阻击日军的进攻。台儿庄镇面积不大，回旋的余地很小，庄内也没有可以利用的高大坚固的建筑物。在日军凶猛火力的轰击下，寨墙一次次地被突破，守军填补缺口变得越来越艰难，往往需要付出巨大的代价。台儿庄内的民居，大多由石块砌成，日军突进来占据一座民房，这座民房就会变成一座地堡，中国守军很难——清除。但对于日军来讲，中国守军誓死不退，即使突进去部分步兵，也会遭到毫不犹豫的反击，在逐街逐屋的巷战中，突进去的士兵面对中国守军的顽强拼杀，很难扩大战果。在台儿庄这个狭窄的地域里，双方都无法投入更多更密集的兵力，庄内的短兵相接也使日军的优势火炮无法进一步发挥威力。攻击者意志强硬，守卫者寸土不让，双方在这个运河边的小镇内外进行了一场永无休止的拉锯式肉搏。

二十六日，台儿庄依旧处于混战之中。

早晨七时，园上村附近的日军炮兵开始向台儿庄轰击，步兵在炮火准备后再次强攻北寨墙。两个小时后，台儿庄北门再次被日军突破，一股日军又窜入了镇内的城隍庙。昨天，中国守军在这里放火烧死了数名日本兵，现在荒草已经烧光，再放火也无济于事，日军坚守在里面无论如何不出来。北门的缺口越来越大，涌入的日军越来越多，台儿庄守军开始内外受敌。"我守兵塞街巷，抛瓦罐，掷家具，折栋倾墙以堵击，在敌炮击下死伤累累，城内始步步荆棘，卒遏制敌之进展，而敌亦自毙于轰击者甚重。"

傍晚，台儿庄的东面被日军占领。

中国军队据守着西面，与日军形成对峙。

第三十一师紧急调整守城部署：一八一团在西关归乜旅长指挥，一八二团在北站，一八五团在土城，一八六团坚守半边台儿庄。同时宣布：负伤但没有致命者，擅自脱离战场，杀无赦。这一天，第三十一师守军死伤达千人以上。

晚上，乜旅长视察台儿庄守军阵地，他对官兵们说，现在是巷战阶段，巷战全凭手榴弹和大刀，这是咱们拿手的，也是敌人害怕的。只要保持旺盛的士气，就可以与敌人拼一阵子。为了防止日军放火，须把我军占据的民房草顶全部拆除。还可以大量使用民房里的木料和杂物："向不忍于民者，今民已尽，任君放手为之。"同时要充分利用火攻制敌："多备棉油弹，着火弯弓以射之。城中油商花行有余裕矣。"

入夜，一八五团团长王郁彬命令禹功魁、汝心铭、古文照和秦应岐的四个营，各配属一个工兵小组和两门迫击炮，向占据台儿庄东面的日军实施反击。四个营的八门迫击炮，首先轰击了日军的火力制高点碉楼，一口气打出五十多发炮弹，然后各营开始出击。日军顽强抵抗，中国官兵前赴后继，双方都不顾生死，最后一八五团的反击成果仅仅是夺回了三个民居院落。营长禹功魁由于作战勇猛，当场升任一八六团团长。

这时候，奉白崇禧之命从开封开来的战防御炮连抵达台儿庄。这种新式大炮中国军队仅仅装备了两个连，虽然每个连只有两门大炮，却都是德国制造的大口径榴弹炮，还附有加农炮炮筒，射程达到两万米以上，且有现代化的通讯指挥系统，是当时中国军队中最强大最新式的重炮。池峰城师长立即命令战防御炮连开设阵地投入作战，四门重炮果然火力非凡，直打得日军"晕头转向，莫知所措"。

二十七日凌晨，台儿庄外的日军开始攻击西寨墙。飞机和火炮将寨墙轰塌之后，步兵在二十多辆坦克的掩护下冲锋。台儿庄寨墙已经千疮百孔，根本无法阻挡日军的涌入："我寨上官兵死伤于敌人炮火及塌陷的寨墙压埋而阵亡者甚多。"在西门附近防守的一八一团三营伤亡殆尽，三百余日军突入城内随即竖起日本旗，中国守军不得不退守街区纵深，依靠被毁坏的"破屋断墙"节节阻击。防守北车站及西阵地的一八五团，在之前的刘家湖战斗中损失惨重，这时因新的伤亡不断而致兵力捉襟见肘。

第三十一师已抽不出任何增援部队，负责指挥庄内守军的副师长王冠五，在电话里向师长池峰城请求撤退。池师长心力交瘁，犹豫不决，询问参谋主任屈伸。屈伸认为，一点放弃将影响全局，建议把工兵营和骑兵连拿上去。池峰城在电话里对王冠五说："台儿庄是我们的坟墓，坚决顶住，不能撤退！援军马上就到！"随即命令工兵营和骑兵连增援寨内。同时，命令一八六团和一八二团，必须各抽一个营紧急增援北门。援军到达后，王冠五亲率部队反击，官兵们拔下日本旗，换上中国旗，并把一部分日军从寨墙缺口堵了回去，城里的残余日军退入城隍庙。

为了牵制日军的攻击，一八一团（欠三营）和一八五团二营，奉命迂回到日军侧背，向刘家湖、三里庄和墩上村发起攻击。二十七日上午十一时，一八五团二营攻占墩上村，一八一团二营逼近三里庄，一八一团一营攻占了刘家湖。但是，日军紧接着就发动了大规模反击，墩上村即刻失守，三个营的中国官兵在撤退时伤亡大半。

下午十三时左右，日军的十一辆坦克直接冲到距台儿庄西北寨墙两百米处，随即停下来向台儿庄内开炮射击。日军的坦克兵尚不知台儿庄中国守军已经调来了重炮，中国军队的重炮瞄准后突然开始轰击，十一辆日军坦克中六辆中弹起火，其余五辆见状仓皇而逃。寨墙上的中国守军不禁欢呼起来，胆大的士兵跳下寨墙，开始追击四处逃散的日军坦克兵砍杀射击，另一些士兵爬上被击毁的坦克卸掉上面的机枪。在刘家湖和园上村里的日军目睹了这一场景："举目骇视，竟不发一弹，似为我欢声所震眩，竟达五分钟之久，实战场上绝无仅有之奇景也。从此敌战车不敢迫近台儿庄矣。"

台儿庄中国守军第三十一师，几天来已伤亡了三千多人，池峰城师长把全师重新编成七个营。为加强台儿庄的兵力，第二集团军总司令孙连仲命令张金照的第三十师和吴鹏举的第四十四旅增援。

同一天晚上，日军增援部队全部抵达刘家湖。

台儿庄的战局愈发严峻。

我军在兵力上占据绝对优势，打来打去却让日军占了半个庄子，这让战区司令长官李宗仁"殊感诧异"，他严令第二集团军于二十九日前将冲入台儿庄内的日军消灭干净：

> 台儿庄为徐州前方要地，又为汤军团后方联络要道，关系重要。据报该处附近敌人约一混成联队，我军兵力数倍于敌，早当解决，乃经几日战斗，台儿庄围子反被敌冲入一部，殊感诧异。着贵总司令负责严督所部，限于二十九日前将该地肃清，勿得延缓，致误戎机为要。

不知在日军绝对优势火力下苦守台儿庄的孙连仲接到这封电报时是何心情。此时，孙连仲最关切的并不是李宗仁的"殊感诧异"，而是那个说好了由他发动回旋作战的汤恩伯究竟在哪里？

汤恩伯部仅以少部兵力在枣庄附近与日军纠缠，

军团主力依旧躲在抱犊崮山区里不出来。虽然汤恩伯不断致电蒋介石和李宗仁，报告他的部队对枣庄、临城一带的日军进行了持续攻击，但至少从台儿庄方向的战场态势上并没有显出任何策应的效果。

孙连仲不断地打电报给汤恩伯，要求他的第二十军团积极行动，全力策应台儿庄的正面防御。汤恩伯主张由第五十二军和第八十五军各抽出一个团，组成一个混成旅，向峄县的日军守军发起攻击，以回应孙连仲的一再请求。令汤恩伯没想到的是，他的主张即刻遭到军团将领们的集体反对："我们鉴于日军复由临城向枣庄增援，在短期内攻克该城已不可能，提出放弃攻击峄枣之作战计划，以军团主力全力攻击敌之侧背，这样既可以减轻台儿庄、运河一线我第二集团军的压力，又可包抄敌濑谷支队的后路，寻机将其全歼。关麟征将军尤不同意以小部队攻击峄县敌人之侧背，主张要打就全力打，不可以零打碎敌。"

二十八日晚十时，李宗仁致电汤恩伯："台儿

82

庄方面孙集团陷于胶着状态，敌我均在困难中，贵军应为有力之援助迅速南下夹击之。"第二天晚二十时，李宗仁再次致电汤恩伯：敌主力已"绕出台儿庄东侧第二十七师背后"，企图包抄孙连仲的第二集团军的后方。"着贵军团长以一部监视峄县，亲率主力前进，协同孙军肃清台儿庄方面之敌，限拂晓前到达"。汤恩伯这才决定第二军团向台儿庄方向出击。当初，他与关麟征军长对池峰城师长的承诺是：只要台儿庄的枪声一响，"最多不出一日定可回援"；可现在，池峰城师长的第三十一师已在台儿庄苦战五天。

即使已向台儿庄靠近，汤恩伯依旧存有私心："第八十五军是汤氏的老部队，所以他处处想使该军在承担作战任务时避重就轻。在攻击枣庄时，第五十二军由东向西打，面对着临城、枣庄敌之主力，第八十五军却紧靠着抱犊崮山地。现在向台枣支线攻击，他却把原在北面的第八十五军南调，左翼依托台儿庄，右翼是第五十二军，使该军处于比较安全的地位。"

无论如何，汤恩伯部已开始向台儿庄靠近了。

但是，也就仅仅是"开始"而已。

台儿庄内，日军踞东，我军据西，交战双方近距离的对峙频繁引发残酷的巷战；而在台儿庄外，除了南面的徐州方向，剩下的三面都已处于日军的合围中。

二十八日午夜，趁庄外日军暂时停止攻击的间隙，庄内的中国守军向日军盘踞的城隍庙和碉楼实施反击，一次又一次，官兵们试图把闯进庄内的这股日军消灭。日军盘踞在房顶上，机枪火力十分猛烈，导致反击部队付出巨大伤亡。二十九日凌晨，第三十一师投入两个团的兵力，对城隍庙和西北角同时发起反击，"顽敌卒被驱人大庙及东南西北各碉楼内。敌每退出一房，即纵火燃烧，企图阻我前进，我官兵虽焦头烂额，终以兵器关系极难聚歼。"三十日凌晨，第三十一师收集了所有的迫击炮弹，为驱赶西北角的日军开始了猛烈炮击，致使日军"纷纷窜据城角掩蔽部内及民房"内。炮击停止后，日军又纷纷窜出来，激烈的巷战开始了，一直到天再次黑下来，台儿庄内的肉搏"未尝稍停"。

为缓解台儿庄守军承受的巨大压力，外围的中国军队每天夜晚都对日军据点发起反击。盘踞在这些据点里的日军，都是第二天准备攻击台儿庄的部队，大多因白天作战疲惫而在睡梦中。为了消耗日军的体力和兵力，同样不睡觉的中国官兵认为，他们必须"妨碍敌人休息"。二十九日凌晨三时三十分，第二十七师的一个团向裴庄发起攻击，官兵们一举把裴庄村里的日军赶跑了，然后部队继续向邵庄追击，"毙敌极众，毙敌马匹尤多"。日军跑到邵庄后，集中炮火轰击，大量的燃烧弹令中国官兵伤亡巨大。第二十七师的另一个团向刘家湖反击，遭到日军坦克的反冲击，双方展开炮战的同时，步兵在村庄边缘的麦田里混战，第二十七师伤亡三百多人。三十日午夜，第二十七师第八十旅再次向刘家湖发起攻击，主要目标是刘家湖村内的日军炮兵阵地："敌轻重大炮八十余门，陷入我火网之内，难以转移，死伤枕藉。刘家湖之敌向我反扑，园上之敌呼啸来援，与我发生激烈之白刃战，彼此皆腹背受敌，我为争夺此炮兵阵地，亦死伤甚众。"

无论中国军队于台儿庄内外发动的反击作战是否结束，只要天一亮，日军便再次集合起主力开始向台儿庄发动进攻。疲惫不堪的中国守军已经习惯了这一规律：大约六至七时之间，先是微明的天色中传来飞机的引擎轰鸣声，然后便是对庄里庄外的猛烈轰炸和低空扫射。同时，日军炮兵从东、西、北三个方向，集中火力轰击台儿庄内的中国守军阵地，烟火弥漫，砖石横飞，中国守军只能躲在临时挖掘的防空洞里，但寨墙上的守军不能躲藏，因为日军步兵随着炮火就上来了。寨墙已不知被炸塌过多少次，又修复过多少次，那些没有在轰炸和轰击中伤亡的守军官兵从瓦砾中爬出来，透过弥漫的烟尘，便能看见由日军士兵组成的土黄色波浪汹涌而来。

二十八日早上，台儿庄中国守军发现进攻的日军多了。

　　日军增援部队到达后，参加攻击台儿庄的部队是：步兵第六十三联队（约两个大队）、独立机枪第十大队、轻装甲车第十中队、中国驻屯军临时战车中队、野炮兵第十连队第一大队（缺第一中队）、野战重炮兵第二联队（缺第二大队）、中国驻屯军炮兵联队一小队、工兵第十联队第一中队一小队。

　　台儿庄寨墙的西北角再次坍塌，数百日军从缺口涌入逼近北站。中国守军编织起密集的火网，令日军步兵的冲锋受阻。九时，日军加强兵力强行冲锋，双方陷入白刃作战。十一时，大股日军从西北角爬到寨墙上高高的文昌阁内。这座阁楼早已在炮火下坍塌，只剩下半截，日军士兵往上爬的时候，遭到中国守军的猛烈射击，阁下布满了日军的尸体，而冲上去的日军士兵发现他们下不来了，因为中国守军已向文昌阁发起了反击。防守西门的一八一团，把被击毁的日军装甲车作为机枪掩体，最终封堵上了西北角缺口，但寨墙上依旧有百余名日军在坚持，双方都已筋疲力尽，不得不形成对峙。

晚上，庄里的日军突然发起反击，庄外的日军也同时发动攻击。台儿庄里外火焰冲天，中国守军的电话联络都被切断，只能在各个方向上各自为战。日军再次突入四百多人，举着火把到处放火，但火光也让中国守军寻找到攻击目标。黑夜里的混战一直持续到午夜，台儿庄内的战斗逐渐停歇。

蒋介石发来电报说，如果台儿庄失守，不但第二集团军全体官兵是死罪，连第五战区司令长官李宗仁、副参谋总长白崇禧和军令部次长林蔚都将严惩不贷。

获悉电文的孙连仲派出了两名执法官：第四十二军军长冯安邦赴台儿庄右翼，负责督战第二十七师；第三十军军长田镇南赴台儿庄左翼，负责督战第三十师和第四十四旅，同时督战坚守台儿庄的第三十一师。

二十九日晨，孙连仲召集军长和师长们开会，其间他特别嘱咐第三十一师：不要指望增援，必须坚持下去。第三十一师师长池峰城的表态是："台儿庄是吾人光荣所在，亦为吾人之坟墓。"同是这天早晨，日军第十师团长矶谷廉介命令濑谷启："应以主力迅速击败台儿庄附近之敌。"

台儿庄外的日军开始攻击了，隐藏在城里的日军也冲出来企图扩大占领，中国守军与日军的混战一直持续到黄昏。日军再次发动了新一轮的全面攻击，危机于此时出现了：一股日军冲入台儿庄西北角，中国守军伤亡殆尽后，日军蜂拥登城夺取了西门。孙连仲急调一个团增援，增援部队几次反击均未奏效，日军切断了台儿庄内外中国守军的联系。第三十一师副师长王冠五，再次向池峰城师长请求率残部撤退。池师长给孙连仲打电话请示，孙连仲在电话里只说了一句："台儿庄失守，军法论处。"池师长对王冠五说："总司令生气了，坚决不让撤。"王冠五指挥的守城部队，仅剩了不到一半兵力，因此这一次他的态度十分强硬："城是不能再守了，弃城的责任我一个人负，决不连累你！"池峰城听到这句话，一口鲜血吐了出来。池师长的痛苦在于：王冠五原本是一名参议，可以不上前沿打仗，但在指挥员越打越少的情况下，自己先是派他代理一八六团团长，后又任命他为副师长指挥庄内所有守军，每一次王冠五都没有过二话，现在自己如何给他下达难以完成的严令？但是，万一王冠五不顾一切，真的率部放弃了台儿庄，不但第三十一师数天的血战前功尽弃，自己也必要承担军法责任。此时，参谋主任屈伸猛地把电话夺过来，对着那边的王冠五大喊："冠五！台儿庄得失存亡，不仅关系到徐州的安危，对整个抗战局势都有很大影响。我们已经苦战了十来天，牺牲了半数以上的官兵，才把鬼子顶住。如果我们放弃了台儿庄，不仅对不起死难的官兵，更对不起国家和人民，那就成了民族的罪人……总的一句话，台儿庄只能死拼不能撤。师部明天就撤入城内，决不会你们牺牲了我们活着回去！你听着，我现在传达师长的命令，

90

台儿庄必须死守,谁再说放弃台儿庄,格杀勿论!"然后,屈伸转身对防守台儿庄运河浮桥的乜旅长说:"从现在起,城里的部队无论是不是因公或负伤,只要擅自退回大桥者,上自旅团长下至兵由你先杀后报!"

电话那端传来的最后一句话是:"请师长放心。"

王冠五,一条硬汉。他组织起一支由特务连七十二名官兵组成的敢死队。敢死队员短枪大刀,在迫击炮的掩护下,向台儿庄西北角摸过去,他们要爬上寨墙上文昌阁,消灭那个居高临下威胁整个西城的日军火力支撑点。冒着日军密集的机枪封锁,敢死队员不顾生死地向上攀登,震天动地的呐喊声令文昌阁上的日军魂飞胆破。午夜时分,文昌阁上的日军,除了被活捉的四人外,其余全部死于敢死队员的大刀下。"我七十二壮士者,成烈士十四人。"

台儿庄派遣队久攻不下,第六十三联队严重受阻,情报显示汤恩伯的第二十军团正向台儿庄靠近,那么,进攻台儿庄的部队很可能面临被全歼的危险。

日军华北方面军司令官西尾寿造，急令第五师团坂本支队火速增援台儿庄，同时严令濑谷支队尽快攻克台儿庄。

三十一日清晨，日军的炮击前所未有地猛烈，二十多门大口径野炮集中轰击，犹如要"令台儿庄化为灰烬"。上午九时，大批日军涌入庄内，中国守军一八六团损失殆尽，一八五团奉命上前接替。在台儿庄外围，第二十七师在刘家湖附近反复与日军厮杀，那些配属给他们的战防御炮也全都投入了战斗。"激战至正午十二时，敌复以步骑炮联合部队约三四百名，战车八辆，围攻我郭团（一五九团团长郭金荣）守备之岔路口阵地。我官兵沉着抵抗，与敌死拼，毙敌甚重，敌仍猛进不退，遂发生肉搏战，喊杀之声撼动天地。时我战车防御炮将敌战车击毁三辆，突受敌重炮还击，我战车防御炮两门被击毁。我伤亡官兵三百余名。"

这天傍晚，台儿庄北门寨墙已坍塌成一片平地，无法封堵的巨大缺口使城外的日军蜂拥而至。进入台儿庄的日军沿着每一条街道与中国守军肉搏。待天色完全黑下来时，一条条火舌向中国守军席卷而来，日军使用了火焰喷射器以扫清中国守军的阻击。台儿庄满街都是中国守军设置的障碍物，一处障碍物燃起大火，守军官兵就退至另一处，他们投出的手榴弹下雨一般从日军的头顶上落下。至午夜时分，台儿庄全城都在燃烧，冲天的火光照亮了整个鲁南天空。

第三十一师师长池峰城致电李宗仁，称他的部队正做"最后之攻击"，若不能成功"即自杀以报国家"：

本师昨夜做最后之攻击。官兵勇敢用命，冒最大牺牲，卒将城西北角盘踞之敌歼灭大半。残敌仍据要点顽抗。我康副师长负伤，官兵伤亡三百余。刻城内之敌除西北角少数外，东南半部仍为敌据。顷间，官兵百余人义愤填胸，自报奋勇，复仇歼寇，不成功即自杀以报国家，决不生还见我长官，悲壮激昂。师今夜为沉痛之格斗。今午前敌炮仍在猛轰，寇机十一架狂炸西关，北站渐成焦土，损失甚重。

第二天，四月一日，台儿庄内无大战。

交战双方都已精疲力竭。

短暂的寂静中，台儿庄战局开始显现出对中国军队有利的态势：包括汤恩伯的第二十军团在内，中国军队的大批部队正向台儿庄靠拢，包围着台儿庄的日军第十师团濑谷支队和第五师团坂本支队，实际上在更大的范围内已经处于中国军队的包围中。

四月二日凌晨一时，台儿庄内外万籁寂静，在城外围的东北角和西北角，同时出现了中国官兵的身影。孙连仲命令第二十七师，挑选敢死队员二百五十人为前锋，一个营在后面跟进，从台儿庄的东北角向庄内实施偷袭。孙连仲决定在所不惜，言如果能冲进庄去赏大洋五千元；如能配合城里的第三十一师把庄内的日军肃清，赏大洋两万元。数百名中国官兵悄然无声地向台儿庄的东北角接近，然后突然一片呐喊向寨墙上猛爬。没有准备的日军猝不及防，反应过来时中国守军的敢死队员已经冲到跟前。战至凌晨四时，占据着台儿庄东北角寨墙的日军被全部歼灭。敢死队员们接着向东门和西北角方向发展，惊慌的日军在黑暗中纷纷躲进民房和碉楼里，中国官兵逐屋搜索后放火，将日军压缩至城的一角。

一个晚上的反击成效明显。天亮后，台儿庄的东门被中国军队打开，随即南门也被收复，第三十一师和第二十七师取得了联络。这是数天来，这两支分别防御庄内外的部队第一次取得有效联络。但是，中国守军尚未巩固阵地，南下增援的日军第十联队到达战场，向庄外的第二十七师发起攻击，企图突破中国守军防线向台儿庄靠拢。

中国陆军第二集团军第四十二军第二十七师，

三月二十四日从徐州以北的柳泉、贾汪抵达台儿庄战场后，一直处于外围防御的血战中。此前，没有多少人熟悉这支杂牌部队，仅知道这是原西北军中的一群粗鲁汉子。可是，自台儿庄作战开始以来，这支部队显示出前所未有的英勇无畏。他们不分白天黑夜，在与台儿庄咫尺之遥的外围阵地，没完没了地与日军进行拉锯作战，坚守、失守、反击、再坚守，每一次战斗都出现巨大的伤亡，即使暂时没有阵亡的官兵也是军装破烂，浑身血污，他们被日军称之为"叫花子部队"。但是，这些可以数日不睡觉，以至于连走路都东倒西歪的官兵，只要作战命令一到，就能立刻又如虎狼般地向日军冲上去。他们的顽强作战，极大地牵制和消耗了直接攻击台儿庄的日军兵力。

四月二日，濑谷启亲自率第十联队主力到达台儿庄以东地区，但是横在濑谷启前面的又是中国守军第二十七师。黄樵松师长告诉他的官兵，决不能让增援日军冲进台儿庄。

上午十时，日军三百余名步兵在十辆坦克的引导下向台儿庄开进，在彭村、上庄、陶沟桥等处与第二十七师第八十旅一五九团相撞。濑谷启立即派出两翼部队向一五九团阵地左右迂回。而在相撞的正面，双方激战至中午。到了下午，第二十七师各阵地都陷入日军的包围，但官兵只要不死就是不后退一步，以至于战场上"杀声震天地，烟尘蔽日，血雨横飞，战况之惨烈，不可名状，双方酣斗竟日未休"。

三日，被围困在台儿庄内的日军，获悉第十联队和坂本支队已到台儿庄以东地区后，开始了孤注一掷的反击。他们用十余门平射炮向第三十一师守军阵地连续炮击，日军战机同时向台儿庄内外狂轰滥炸，日军步兵在随后发起的冲锋中使用了催泪瓦斯毒气。此时的第三十一师，没有伤亡的官兵仅剩一千三百余人，庄内的三分之二都已被日军占领，守军仅在南关一隅苦苦支撑。池峰城师长认为，继续苦撑下去，只有全军覆没，于是请示孙连仲，要求残部向运河南岸转移阵地。孙连仲难以抉择，只有向李宗仁请示，话语说出来令人内心酸楚："报告长官，第二集团军已伤亡十分之七，敌人火力太猛，攻势过猛，但是我们也把敌人消耗得差不多了。可否请长官答应，暂时撤退到运河南岸，好让第二集团军留点种子，也是长官的大恩大德！"李宗仁预计汤恩伯明天即可到达台儿庄，如果此时让第二集团军放弃坚守，那么之前中国军队在台儿庄内外的所有苦战都将功亏一篑。鉴于此，他给孙连仲的答复是："务必守至明天拂晓，如违抗命令，当军法从事。"李宗仁后来回忆说："我向他下这样严厉的命令，内心很觉难过。"他们过去没有过交往，仅在第二集团军调至第五战区后，在徐州的战区指挥部里有过一面之交。孙连仲最后这样回答了李宗仁："绝对服从命令，整个集团军打完为止。"

此时的第二集团军，连预备队都用光了。

当池峰城师长再次打来电话，询问是否可以转移阵地时，孙连仲的回答是："士兵打完了，你就自己填上去；你填过了，我就来填进去。有谁敢退过运河，杀无赦！"

孙连仲，一八九三年生于河北雄县。虽家境殷实，不必当兵，但他立志从军，一九一二年入北洋军第二镇八标二营八连任学兵。北洋陆军各镇在清帝退位后改为师，孙连仲被选入冯玉祥部第十六混成旅炮兵营任班长。他身材魁梧，胆识过人，曾在护国战争中一人扛着二百多斤的山炮带着他的部队包抄对手后路。因作战沉着勇敢，由营长、团长、师长、军长一路升迁，至北伐战争时已是方面军总指挥。卢沟桥事变爆发后，作为第二十六路军总指挥，孙连仲要求他的官兵"报效国家、挽救危局，以尽军人天职"。他率部奔走于北平南部、河北涿县、山西娘子关战场，及至奉命坚守台儿庄，孙连仲面对的是他行伍以来前所未有的严酷考验。

孙连仲亲自进入台儿庄内，在守军苦撑着的东南一隅督战。他把右翼作战不利的一名旅长撤了，当众枪毙了左翼一名贪生怕死的营长，然后开始组织敢死队。当跟随着孙连仲的军需官，把身上仅剩的大洋分给敢死队员的时候，敢死队员们把大洋扔在地上说："我们以死相拼，为的是报效国家，不是为了几块大洋。"孙连仲见状不禁放声大哭。

与此同时，在庄外防御的第二十七师官兵也面临着最后时刻。

三日一大早，日军第十联队向第二十七师阵地发射了两千余发炮弹，阵地工事连同附近的村落皆被夷为平地。然后，在四十多辆坦克的掩护下，日军步兵不顾一切地向台儿庄方向突击。第二十七师连日血战，伤亡惨重，能够作战的官兵已不足千人，致使日军相继冲入园上、孟庄、邵庄等村庄，第二十七师仅剩的官兵不得不用身躯与凶悍的日军展开决死拼杀。在彭村防御的，是王景山营长指挥的营部和五连，当日军冲进村庄时，王营长赤裸着上身对官兵们喊："今天是本营长和全营殉职报国的最后一日，只有杀敌，不计生命！"官兵们跟着王营长死拼不退，及至全部战死。王营长一人砍杀日军十二人，最后身中数弹倒地。"敌恨之刺骨，死后犹被敌乱刀肢解。"

三日晚，台儿庄内外中国守军无不期待着汤恩伯部立即出现。但是，直到四日，汤恩伯部队依旧没有抵达台儿庄。

凌晨，已经衣衫破烂的守军守备连，把被日军摧毁的庄内防线修复好。上午，日军集中了三十余门重炮向庄内轰击，使用的全是燃烧弹，"时东南风甚大"，庄内再次燃起凶猛的大火，之前仅存的一幢建筑物被彻底焚毁。大火中，日军向东南角和北门同时发动进攻，但都被中国守军击退。第三十一师再次组织起两百人的敢死队，在重迫击炮的掩护下向城隍庙反攻，里面的日军拼死抵抗，攻击没能成功。

这一天，在台儿庄的以北的外围线上，准备围歼日军的中国军队陆续抵达，汤恩伯的第十三军第一一零师向北洛、泥沟发动袭击；李仙洲的第九十二军第十三师一部抵达台儿庄浮桥接防；周喦的第七十五军第六师一部也向当面的日军发动了攻击；王仲廉的第八十五军第八十九师凌晨三时占领了朱滩和荣庄等村庄。

只是，对于坚守台儿庄的第二集团军来讲，所有的增援都已经是太晚了。苦等汤恩伯不到的孙连仲于四日晚再次下达手令：

一、今是我们创造光荣之良机，也是生死最后之关头，不死于阵前，即死于国法。本总司令将以成仁之决心，与台儿庄共存亡，亦必执行连坐法，以肃军纪。死为光荣而死，生为光荣而生，希我官兵共此努力。

二、训令本集团军：慎保本军守无不固之精神，发挥娘子关歼灭敌七十七联队之伟绩，今只有前进，绝无后退之途，过河者死，誓以破釜沉舟之决心，深信必操必胜之信念。

此时，再严厉的"杀无赦"，对于第二集团军的官兵来讲，已没有什么实际意义了，因为他们所有的生命活力，都在撑持日久的血战中消耗尽了。

七日，汤恩伯的第二十军团第五十二军主力，在底阁、杨楼一带与日军激战后将其击溃；第八十五军第八十九师主力攻击大顾栅；第四师和第八十九师各一部联合攻击关庄、辛庄等地。孙连仲的第二集团军冲出台儿庄后继续追击，一七五团相机占领邵庄和裴庄，一八二团占领了刘家湖。同时，孙震的第二十二集团军渡过运河后向韩庄发起追击。孙桐萱的第三集团军第五十五军则在峄县以北堵截着日军。当晚，濑谷支队撤到峄县附近固守待援。

从九日直到十一日，中国军队全面逼近峄县，日军坂本、濑谷两支队集中兵力建立起坚固的阻击阵地，致使中国军队的追击进展缓慢且伤亡甚大。即使是汤恩伯武器装备尚好的第二十五师，一夜之间也会"伤亡达五六百人之众"。"战况之烈，于此可见。"

台儿庄内的日军肃清后，有中国记者进入了这座已成废墟的运河小镇，他们首先见到的是第三十一师师长池峰城："他的头发和胡子都长得很长，嗓子已经哑了，面色有如无光的黄纸。"接着，记者们看到台儿庄满地的残垣断壁间，到处是没有来得及收殓的双方官兵的尸体，日军在撤退时对其遗弃的尸体进行了焚烧，此时成堆的残肢依旧在冒着白烟。

　　日方统计，台儿庄作战，第五师团战死一千二百八十一人，负伤五千四百七十八人；第十师团战死一千零八十八人，负伤四千二百三十七人。日军总计伤亡过万，但"甚少被俘"。

　　台儿庄胜利的消息，飓风一般迅速传遍全中国。

　　"日军毕竟不是不可战胜的。新的抗战希望将过去的悲观情绪一扫而光。这场胜利使人们自战争爆发以来第一次感到欢欣鼓舞。"

　　……在每个人的手里，都拿着一张各

报馆临时出的号外，在每个人的嘴边，都挂着无限的欢笑，逢着人就说："台儿庄我们大获胜利，消灭敌人精锐部队一万多，你知道了没有？"家家户户都悬起了国旗……震人的鞭炮声自始至终不断地响着，这里停了，那里又响起来，那蒙蒙的烟雾和腥辣的火药味，像带着骄傲和光荣，永远漂浮在空间……下午七时，在武昌，一万余人集合在公共体育场；在汉口，二万余人集合在特三区江边、运动场，一万余人集合在中山公园，又复在府西一路会合，每个人手里执着一个火炬，熊熊的火焰照见了每个人脸上浮着的异样光彩……"啊，今天，四月七，兴奋了我们，刺激了我们，鼓励了我们，又给予了我们一个信念，长期抗战下去，我们一定会获得最后的胜利。"……

此刻的中国军队统帅部里并没有这般兴奋。

中国军队的追击行动过于迟缓，以至于蒋介石的德国军事顾问法尔肯豪森将军气得"狠命揪自己的头发"。美国驻华武官史迪威上校告诉蒋介石："要向前推进，要发动进攻，要乘胜前进。日军很快就会把八到十个师的部队调到徐州前沿，到那时就来不及了。"蒋介石也意识到了问题的严重性，他担心如不迅速歼灭当面之敌，等来的只能是日军大部队的增援。十二日，蒋介石致电李宗仁和白崇禧：

> 台儿庄之捷已逾五日，峄、枣、韩、临尚未攻下。踌躇审顾，焦虑至深。以乘胜之军更加主力部队追援绝溃惫之寇，不急限期歼灭，一旦敌援赶至，死灰复燃，是无异隳已成之功而自贻将来之患。

然而，李宗仁的难处是：孙连仲的第二集团军经过半月多苦战，根本没有实力再对日军形成猛烈追击，而实力依旧的汤恩伯部一向的作战原则是避免攻坚。因此，李宗仁向蒋介石建议：避免与日军发生正面攻坚作战，采用机动作战的方式诱敌出动，然后相机实施歼灭。实际上，这等于让位于鲁南前线的中国军队放弃了追击。

无论如何，中国军队在台儿庄作战中赢得的胜利，在国际国内都产生了不可估量的影响。路透社一九三八年四月八日电："中国一方面借其伟大之顽强，屡次摧毁向之侵略之敌人；一方面又开始发见其军事才能与团结力量，今似已明白警告日人，日本最多仅能占有中国土地三分之一，但其代价与牺牲已非日人所能忍受。"一九三八年四月十日英国《新闻记事报》："中国胜利之真实价值，不能以收复之地面积大小来表示，而应以日本所消耗之时日与弹药来估量。因为这种消耗，对日本是非常不利的……我们依据这种显示标准，来评论中日两国的战事，那么中国是无日不在胜利中。"而一个活下来的中国守军士兵，告诉战事平息后进入台儿庄的外国记者：我们必须在这里一战，不然连死的地方也没有了。

一九三八年四月八日，蒋介石致全国同胞：

军兴以来，失地数省，国府播迁，将士牺牲之烈，同胞受祸之重，创巨痛深，至惨至酷，溯往思来，祗有悚惕。此次台儿庄之捷，幸赖我前方将士之不惜牺牲，后方同胞之共同奋斗，乃获此初步胜利，不过聊慰八余月来全国之期望，稍弥我民族所受之忧患与痛苦，不足以言庆祝，来日方长，艰难为已，凡我同胞与全体袍泽，处此时机，更应力戒矜夸，时加警惕，唯能闻胜而不骄，始能遇挫而不馁，务当兢兢业业，再接再厉，从战局之久远上着眼，坚毅沉着，竭尽责任，奋斗到底，以完成抗战之使命，求得最后之胜利。幸体此旨，共相黾勉为盼。

台儿庄之战，中国军队付出了两万多名官兵的生命。

　　两万多年轻的躯体，消融在流淌了两千多年的大运河畔。

重症监护室——ICU 手记 |周　芳|

原载《北京文学》2015 年第 11 期

引　子

镰刀，轻轻掠过

深夜 3 点醒来，白茫茫一片在眼前晃动。

白茫茫的，是五床，65 岁，行肺癌切除术。最初的病灶被手术刀剔除，叫癌的细胞却埋下隐祸，它在跑，跑得肆无忌惮，跑得比手术刀还要快，快千百倍。跑到了肝,跑到了淋巴,它占领了这具肉体。

白茫茫的，是八床的脑梗，42 岁。每天探视时，八床的家属海啸一样涌来，扑在玻璃窗前，他们呼喊八床。强、强子、志强、强叔、强儿。他们已呼喊他 28 天了，他们把八床从冰冷的代号里抽出来，还给他自己的名字，还给他各种身份，还给他亲属链上的某个重要环节。他却不肯醒来，他遇到了梗。梗是什么呢？梗是肉体里的一根刺，吞不下去，将生命死死卡住。护士长说，梗在大脑司令部，肉体的整个机能就瘫痪了。再多的金钱，再大的权势，都不过是个虚弱的笑话，没有力量抗得过它。

　　许多的白茫茫，都无法抗过。白茫茫的床单上，白茫茫的死亡。它在我的 3 点醒来。

　　这已是这 3 个月来的常态了。我无法一夜安睡到天明。2013 年 11 月 24 日，以一个义工的身份进入 ICU 前，我告诫自己淡定、从容，如战地记者。可是，这个告诫如同谎言。对于我这样一个黏液质的人来说，ICU，根本不可能是零度现场。我不可能绷得住。

不，不仅是我这样黏液质的人，不仅是你这样胆汁质的人。

所有的人。

所有习惯了活着的人。

对"活着"这件事，我们习惯了。我们恋爱，评职称，我们钩心斗角，呼朋引伴，我们上街买小白菜，看美国大片。

不会想到这是活着。习惯意味着麻木。

我们出生后，一直活着，从未死过。死，是别人的事。

这里却是 ICU，Intensive Care Unit 的缩写。它的中文意思是重症监护室。重症，监护，一下子就说出了生与死这两个字。这是两个大字，而此刻却异常具体。具体到痰培养，到肾上腺素大量注入，到 20 厘米的引流管插进身体的每个漏洞。漏洞里，住着死，也住着生，它们在进行着拉锯战。

在 ICU 门前，会看到许多张面孔，焦灼的、悲伤的、木讷的、期盼的。从凌晨到深夜，他们在这门前游荡、呆坐、失神或者痛哭。如果有喜悦，那便是历经艰难的等候获得生命的大赦。

门内，一群人，躺在白茫茫病床上，正一分一秒死去，一分一秒从死亡线上跑回，一分一秒学会重新呼吸重新微笑。

一分一秒，天荒地老。

ICU，像一道咒语，箍紧命运。

监护室里一共 10 张床，空着的时候极其少，有人离去，有人不断地填补上来。离去的，有承蒙上天眷顾，历经九死一生，得柳暗花明，终究转到了普通病房；有山穷水尽后，漏洞继续溃堤，家人不得不放弃的。戴上简易借氧面罩，被家人飞奔带回家，最后一口气落在自家床上。带不回家的，我们只能交给那个身影，他已驻足等候许久。

我们从没邀请过他，他以他的方式走过来，他无声无息，他在每个角落里踯躅。他是安静的，不慌不乱的。只取走他想要的东西。他有着冰冷而颀长的手指，手持镰刀，在我们头顶掠过。

房间里什么声息都没有了，只有他，他在挑选，他是唯一的主宰。

"咔"，我们听见了，声音辽阔而苍凉。镰刀落下。一床监护仪上所有的数字归于零。他带走了。

分分秒秒，我与他共处一室，我的呼吸里有他，我的惆怅里有他，我的疼痛里有他。他穿透我，将一个习惯置入我的血液。

习惯死亡。

ICU 给我当头一棒：我得重新开始一种习惯。关于死亡的种种。

一床一床地来，一床一床地走。死，死里逃生、九死一生、生死攸关、死不瞑目，是如此普通的存在状态，铁一样钉在钉子上。我每天都在经过。有个声音提醒我，或者我该怀疑，我与生命到底有多大关联？那些花枝招展的活着，那些锱铢必较的活着？那些名利双收的活着。它们真的存在过？如果活着的，只是肉体，我还有什么理由爱这活着？肉体多么不堪，镰刀在轻轻掠过。

我一日一日谈论着死亡。谈论每个肉身的千疮百孔，谈论每一寸终将被消亡的部位，谈论每个腐烂的穷凶极恶的细胞，我被围于一个新的言语表达体系。

但，这只是折射。死亡的隧道里，有没有一孔关于活着的天窗？

死亡，我不再对它不依不饶。

2013 年 12 月 15 日

不存在的七加三

死者姓名：刘军兰。

性别：女。

出生日期：1987 年 7 月 10 日。

死亡日期：2013 年 12 月 15 日。

直接导致死亡的疾病或情况：脑干出血，脑死亡。

一个死去的人正被屈医生填进一纸证明，《居民死亡医学证明》。5 厘米宽,8 厘米长,薄薄的一张。

握在手里，几乎不被人看见。它却是必需的。作为尚存在我们视线内的一具肉体，经户籍销户，到火葬场火化，都得用上它。

生命的征程，不过是被无数次地证明，无数次的签字画押。诸如出生证、疫苗接诊证，诸如团员证、健康证对于刘军兰而言，她已缴械投降，不再前行。她不再需要结婚证、初婚初育证、婚检证、独生子女父母光荣证。带着这最后一份证明，结束她完整的肉身。

我们曾经设想过，从她完整的肉身上能留下点什么。前两天，一个护士给我算过有关刘军兰的数字。

眼角膜两个、心脏一个、肾脏两个、肺脏一个、脾脏一个。护士小刘扳着指头认真地数。小刘的意思是刘军兰的眼角膜可以捐给两个人，心脏可以捐给一个人，用器官捐赠的理念算下来，刘军兰至少可以让七个人受益。对，还有肝。扳到第七个，小刘又补了三个指头，他说，她这样年轻的肝可以移植给三个肝癌患者。

我们计算这些数字时，就站在五床刘军兰身边。她的床头标签上标明脑干出血，脑死亡[1]。我们还不能填写死亡证明，要等待传统的死亡标准"心跳停止""血压为零"的到来。在心电图记录监测仪、多功能呼吸机、氧饱和度监测仪等医疗仪器设备的支撑下，刘军兰仍维持着心跳、血压这些生命体征，但她的脑干发生结构性损伤破坏，脑功能已经永久性丧失，任何医疗手段都不能阻止心脏的最终死亡。面前的刘军兰，可以命名为死亡者，也可以命名为待死亡者。她最后的出路也有两条分支，是化为灰烬，还是成为一名器官捐赠者。

并不是所有的死亡者都可以成为器官捐赠[2]者。

1　脑死亡：对于临床上虽有心跳但无自主呼吸，脑功能已经永久性丧失，最终必致死亡的病人，称为脑死亡。

2　器官捐献，是指自然人生前自愿表示在死亡后，由其执行人将遗体的全部或者部分器官捐献给医学科学事业的行为，以及生前未表示是否捐献意愿的自然人死亡后，由其直系亲属直接将遗体的全部或部分捐献给医学科学事业的行为。

刘军兰是个例外，年仅 26 岁，车祸导致脑死亡，其他部位的器官和组织依然健康。作为捐赠供体，她是一位非常理想的潜在捐赠者。

刘军兰脑死亡前，并没有填写捐赠协议书，这表示在她死亡后，由其家人决定是否将部分器官捐献，所以能不能成为供体，决定权在刘军兰的家人。

一通电话正在红十字会负责器官捐献的协调员和刘军兰的父亲之间展开。

如果死亡是伤口，那"捐赠"二字就会是盐粒。多年的协调经验告诉协调员，人们仍旧将器官捐赠看成残忍的代名词。他小心地选择词语：可不可以让刘军兰的生命在其他人身上延续？比如说，她的眼角膜

不要说了。协调员的话当即被生硬地打断。听着话筒里传来的一阵忙音，协调员倒是舒了口气，原本就知道第一次提及会被拒绝。虽然如此，协调员仍旧希望家属能慢慢地接受"生命延续，功德无量"这八个最有力的字眼。

刘军兰会不会成为第二个高巧巧呢？

2011 年 8 月，湖北省第 11 例多器官捐献者，也是年龄最小的多器官捐献者高巧巧，她的"人体器官捐献登记表"签字仪式就是在刘军兰现在所住的重症监护室的主任办公室里进行的。

8 月 19 日晚，13 岁的农村女孩高巧巧不慎从自家二楼阳台摔下，头部遭受重创，迅速送到医院抢救。8 月 22 日，病情恶化，做完紧急手术后再也没能醒过来，被确认为脑死亡状态。8 月 26 日，面对女儿的不幸离开，高巧巧的父母做出了一个伟大的决定，将她的多个器官无偿捐献出来。巧巧捐献的一个肝和两个肾，连夜经过配型成功后，顺利移植给了三名患者。捐献的眼角膜也让两名患者重获光明。

高巧巧的父亲在"人体器官捐献登记表"上签下名字的那一刻，在场的工作人员满含泪水，向他深深地鞠躬。

裴多菲说："生命的多少用时间计算，生命的价值用贡献计算。"当人们以奉献为乐事时，审美就会融入人的生死时限中，人们就会克服生、死、痛苦、忧惧的困扰，就会在审美的愉快中达到非功利性的超越。

人不仅向往生存，更向往生命之美。高巧巧失去年幼的生命，她的父母擦干眼泪，代她做出艰难的决定，为这世界留下宝贵的生命礼物，让她的一部分生命，仍能在这个世界上延续。这是对生物生命的超越，让有限的生命焕发出无限的光亮。

20 世纪 50 年代起，逐渐成熟、被称为"医学之巅"的器官移植技术，已成为众多终末期患者得以延续生命的最后企盼。然而，我们现在面临的现状是，我国器官需求与供给比为 150：1。有 90%的病人在漫长的等待过程中死去。

器官捐献遇到了一只"拦路虎"：身体发肤，受之父母，不敢毁伤，孝之始也。

安徽长丰县一位名叫程凤无的老人去世前签下遗嘱，要求捐献遗体和所有可用器官，老伴与子女同意执行遗嘱。安徽医科大学遗体捐献接受站工作人工员到了村口，被村里人拦住了。村里人将程家围了起来，大骂其子女不孝，老伴糊涂。尽管完成了老人的遗愿，但程家人却无法再在村里立足，只好搬走。

在国外，遗体器官捐献是一件很光荣的事情。但在我国内地却行不通，观念没有跟上，宣传做得不够。在内地各大医院，几乎很难看到器官捐献的宣传册子。家属们从红十字会那里第一次接触到"捐赠"，无异于往伤口上撒盐。协调员已经将盐粒撒到了刘军兰家属伤口上了，结局会怎么样呢？我们当然渴望着更多的超越。

4 点钟探视时，刘军兰的母亲希望能进科室，再看看刘军兰。我们不忍心拒绝这位母亲。5 天之内，她老去了 50 岁。

她呆呆地望着刘军兰的脸，那脸浮肿得变了形，像一个被无限发酵的馒头。蜡黄的皮肤被撑得薄薄的，吹一口气，就会破。她哽咽着，叫着兰，兰。

她伏下身轻轻抚摸着刘军兰的手，摸了手背，又把手翻过来，摸她手掌。

你们来摸，她是热的，热的。刘军兰的母亲喃喃自语。

她又将脸贴着刘军兰的脸，贴得紧紧的。她说，这儿也是热的，热的。她猛地抓住一个护士的手，贴在刘军兰手上。你摸，摸，是不是热的，是不是？她盯着刘军兰的手，那手那么温热，这个热的女儿怎么会死？"热"揪住这个母亲不放，她大叫着：你们来摸，热的呀，热的呀！

她连男朋友都没谈过，她还只有26岁，她怎么就走了？刘军兰的母亲瘫坐在地上，失声痛哭。她一边哭，一边质问。谁能给她回答呢？她望着白茫茫的天花板，绝望地摇头。

我们搀扶她走出科室，她双手冰凉，浑身颤抖。这时，刘军兰的父亲和哥哥也提出了进科室的想法。护士小刘很为难地说，刚才不是进去看了吗？刘军兰的哥哥说，我们没进去。他语气低沉，眉头紧皱。

像有根导火线缠在他腰上一样，只要我们说不，他就引爆。

刘军兰父亲掀开她身上的被单，只有下体处盖着一件病号服。他用手轻轻地触摸着她的身体，从脖子到小腿，他触摸得那么仔细。触到刘军兰右下胸时，他问道，这里怎么有刀口？这里肋骨撞断了。肋骨？当时救护车送过来时，就发现肋骨被车撞断了呀。哦。他应了一声，又一次从头到脚地触。一寸皮肤一寸皮肤触摸过去，他在寻找着什么。刘军兰的哥哥沉默着，他的目光在刘军兰身上一遍遍搜寻。他也在寻找。

在这具脑死亡肉体上，他们在寻找什么？

他们在寻找证据。刀口。取走器官的刀口。

我们回过神来，心底抽了一口凉气。他们以为我们已经取走刘军兰的器官，怎么会这样想呢？

如此荒谬，我们只有苦笑。这荒谬却是可以被原谅的。他们被"死无全尸"打倒了，刘军兰会缺个心脏缺个肝被送往火葬场？不。他们得让她完整离去。

把这边翻一下。刘军兰的哥哥吩咐。我们不敢
怠慢，连忙将刘军兰的身体侧过来，他们低下头，
仔细地看。

薄薄的被单重新盖上。刘军兰的父亲将她胸前
的被单往上拉了拉。他冷冷地说，你们不要再打电
话了。

打电话？

你们。

我们？没有啊，什么事？

不要再说捐赠的话。

捐赠？

捐赠，器官。他将这个句子截成两段，他说得
很吃力。说完后，长长地叹了口气。

刘军兰的母亲原本坐在椅子上，一见他们出来
了，赶紧站起来，三个人很快地交换了眼神。科室
铁门快关拢时，刘军兰哥哥说，你们不要再打电话
了，不要给我们提这个事。他的语气里有愤怒，有

无奈。我们重重地点了点头。

我们并没有给他们打电话，作为收治医院，我们没权利和家属谈器官捐赠这件事。这两天，是红十字会的协调员在和他们沟通。从他们刚才搜寻证据的荒谬举动里，可以想见协调员撒上的那盐粒太重，他们完全不能接受。刘军兰的亲人不需要赞美与敬意，只愿意这个连男朋友都没有谈过的肉体保持她的纯净和完整，"体面"地离开人世。

我们唯一能做的是尊重。小刘伸出的七个手指外加另外三个手指都只能是理论上的，它们起于医学，止于伦理。

凌晨 5 点 10 分，刘军兰停止心跳。7 点 53 分，屈医生开始填写死亡证明。7 点 58 分，她填了 3 分钟，刘军兰的一生填完了。

补记：

昨天下班前，护士长召开了一个简短会议。强调这两天与刘军兰家属打交道时要注意的事项。

第一，家属问起病情，就只说病情，与病情无关的任何话都不能提。关于"脑死亡"的概念，家属不问，我们也不要说。

第二，不要特意表现出对家属的关心和热情。其他家属可以，但这两天对刘军兰家不可以。

说到第二点，护士长看了我一眼，补充上一句：特别是周老师，我理解你想多陪家属说会儿话，但刘军兰家比较特殊，一旦我们说错话，就会给我们造成大麻烦，我们得保护好自己。

护士长的话引起大家的不满，这无中生有的事，怎么弄得像个真的。

护士长说，我们多理解一下家属吧，他们这样想，也情有可原。尽量做到让他们满意。

下班时，我第一次没有从科室正门出去，刘军兰母亲和大哥就坐在门口。他们严峻的眼神扫过每个从科室走出来的人：哪一个要将刘军兰的眼角膜、肝摘取下来。

我走另一个侧门，回家后，我打了两个电话。

第一个打给爱人胡。我去红十字会填写器官捐献志愿书，好不好？

你疯了，神经病。胡骂了一句，电话挂了。

过一会儿，他把电话打了过来：找没有找扣子的班主任，谈她近期表现？我说还没。上个月的物业管理费交了没？我说还没。胡吼一句：这些事都没做，发神经病。

我不反驳。被骂习惯了。他最憎恨我的任性。一个上有老下有小的中年妇女不好好做家务带孩子，谈什么器官捐献，就是任性。

电话挂了不到半分钟，他电话又追过来：不准给扣子说你那神经事。晦气。

第二个打给死党。我要是哪一天死了，就把眼角膜啦肝啦肾啦捐献出来，或者把整个遗体捐献给医学院。

呸，住嘴。死党怒喝。

我是说等我有一天死了。

住嘴。

死了就死了，一无所用，捐出来还有点用。

你不用让我心里有阴影，好不好？活得好好的，谈什么死不死。死党挂断了电话。我们平日谈论话题没边界没底线。床上动作、夫妻关系都谈。现在，我们不能谈死。

第三个电话，原本想壮着胆给父亲打，不敢打了。

2013 年 12 月 23 日

你说怎么办

你说怎么办？他收回前倾的身子，靠在沙发上。阳光透过豹纹的窗帘打在他的身上，他的脸显得明一块暗一块，很斑驳，只有一道光笔直笔直地射向我。那是他的眼光。

"你说怎么办？"他把它当成一个皮球，反转身，踢还给了我。

刚才，我提出了两个建议，但一个矛一个盾，一个南辕一个北辙。他有这个权利让我自己为难自己。

那你说怎么办？我的眼神也笔直笔直地望着他，不躲闪。我把皮球再次反踢回去。

踢完后，我拿起湿纸巾，擦了擦手上的西瓜汁，腻腻的，黏黏的，像我们现在这个话题。我慢条斯理地擦，尽量擦得从容一点，我要掩饰我心底里的恼恨。我恼恨我自己：我凭什么就以为这是个问题？

能解决的才叫问题。而他，显然是拿我的问题作无解了。

等二床患者一脱离危险，转到呼吸科，我就邀了眼前这个40多岁的男人在茶楼里坐一坐。

最开始我忽略了他。因为在每天4点的探视中，我们是与二床的母亲通报病情。那是一个很强悍的老妇人。做了30年的社区妇联主任，现在70多岁了，还撑得住场子，临危不乱。二床突然呼吸衰竭，一群人乱了阵脚，她擦一把眼睛，堵住涌上来的泪水，命令二床的哥哥和妹妹：你们一人拿两万块钱出来，没有就想办法去借。她活过来了我想办法还你们；活不过来，钱就没了。

她与女儿的病对着干了十几年的仗，如何进攻，如何防守，她心里明镜似的。有一天，她让我们拿出用过的免疫球蛋白瓶子给她检查。一瓶、两瓶、三瓶、四瓶、五瓶。数到标注有她女儿名字的五瓶后，她才收回怀疑的目光。免疫球蛋白是一种提高机体免疫力的药物，一瓶就要538块钱，一天下来，二床在这个药物上得花掉2000多块。外加ICU的其他开支，一天得7000多。谁也没有金山银山堆着花不完，所以，尽管她查看我们的药瓶，核对药费单，质问我们免疫球蛋白是不是都用在二床身上了，那语气那眼神充满十万分的怀疑，我们还是积极接受她的审查。

一个白发人照顾一个黑发人，确实不简单。探视完返回科室，我对护士长说。

护士长不以为然地笑了笑，她加快步子向科室走去，五床病人骶尾骨出现了褥疮³，得赶紧处理。我有点生气她这种漠视，就加了一句，二床的妈妈还有高血压呀，70多岁了。护士长反问我一句，疾病长了眼睛？我无话可说了。疾病又没长眼睛，父母儿女都是它盯梢的对象。它根本就不用眼睛来判断，逮住谁算谁。

要说不简单，那个男的倒是不错。护士长说。哪个男的？那个天天和她妈妈一起来探视的。

那个男人我有印象。在每天探视的一帮人中，他不怎么讲话，只是静静地看着玻璃窗内躺着的二床。等一群人散了，最后留下的两个人，一个是母亲，一个是他。有两次，护士长说账上费用不多了，得交一点钱。他说知道了，等会儿就去交。

他是二床的老公、二床的男友、二床的哥哥？我将这三种身份排了排，都有33%的可能性。

3　褥疮：也称为压力性溃疡，是由于患者局部组织长期受压，影响血液循环，导致局部皮肤和皮下组织发生持续缺血、缺氧、营养不良而致组织溃烂坏死。

他是二床的前老公。护士长说。我怔住了。"前老公"？

他们1985年结婚，2000年离婚。2001年二床患病，再无第二次婚姻。他这些年也无第二次婚姻，一直在外打工。他原本是个中学老师，1998年，辞职下海学模具工。现在是个比较出色的模具师。在湖北、四川等地打工，每年积攒下来的钱中有笔很大的开支，就是供二床住两到三次呼吸科。像今年这次，病情发展到呼吸衰弱心跳衰弱，只得住进ICU，他的钱恐怕就只能支付住一次的费用。

二床最初患病时，到武汉协和医院、同济医院拍片，做CT，都没有一个确诊结果，没发现任何器质性病变，但就是无力衰弱。服用几种药后，再三排查，确定了重症肌无力。

因为眼皮下垂、视力模糊，二床不能清晰地看清面前的事物；因为讲话大舌头、构音困难，二床不能清晰地表达自己的意愿；因为咀嚼无力、吞咽困难，二床不能正常饮食。因为无力，二床的所有生活都封锁了，处于一种空白状态。当然，一个月一千多块钱的药费是不能少的。

愈往后走，二床的肌体功能就会愈来愈衰弱，住进 ICU 也许会变成常态，那怎么办？现在，我的问题还不是这个，我问的是，你和她怎么办？

你还是用每年的工资供她住院，那么，还不如复婚。我说。

他弹了弹烟灰，说，不，我不能忘记过去。说到这里，他不作声了，狠狠地吸了一口烟。

过去，有许多顶在民间称为"绿帽子"的东西戴在他头上。

二床患病之前，是当红美女。这个当红，一是指她的容颜。她被肌无力折磨了这么多年，美的印记还保持着——瓜子脸、高鼻梁、双眼皮。当红的第二个，是指她的职业，她是当时整个城区最大旅社的一名会计。这两者让二床要风得风，要雨得雨。据二床母亲回忆，想当年，人家一麻袋一麻袋地往家里送鱼送肉。送鱼肉的人，有账务上有求于她的，也有喜欢美女会计的许多领导同志。

二床唯一的遗憾就是关于他。他是个老实人，也生着一张书生面相。当初也是自由恋爱。结婚后一个在乡下教书，一个在城里当红。时间带走流水，也改变了他们的格局。二床愈来愈花红柳绿，春色无边；书生愈来愈病树沉舟，暮霭连天。他一个月拿回的工资还比不上她随便报销的几张单据。

为了及时争得经济上的主导权，稳住这场摇摇欲坠的婚姻，1998年，书生丢掉教书匠这个生了锈的铁饭碗，下海淘金。两人分开后，很快就有人代替了他在床上的位置。他在乡下教书，早出晚归的间隙，中途也有插队的男人。

你堵住了现场？在一片烟雾中，我问他。

你要我说第几次的？他淡淡地问我。这时，他的脸转向了窗子，他在问窗子。窗子上灰蒙蒙的，被什么蒙上了，看不大分明，大概是我残忍掀起的往事吧。掀起来干吗呢？灰扑扑，尘满面。

服务员在过道里给客人们添茶水，这是一个很漂亮的女孩子，齐刘海，勾了眼线的眼睛很大很深，脸上是流行的裸妆。这女孩子也该是当红的美女，她未来的婚姻呢？与谁婚配？和她一样打工的男孩，还是一个有些钱有些权的男人？如果原本和一起打工结识的穷小子结婚，后来遇上了一个所谓的有钱人有权人，那怎么办？望着那张精致的脸，我想得有些遥远了。这是二床和他的婚姻给我带来的阴影，我不该安放在这个女孩子的生活中。我冲她笑了笑，说，给这位先生添点水。

　　他把视线从窗户那里收回来，坐直身子，说了声谢谢。我舒了口气，刚才他面对窗子的沉默，让我心里堵得慌。我搅起的这团灰与这个午后多么不协调。窗外，是城市中心广场，亮丽的少妇们带着孩子嬉笑着，几个老年人在放风筝。

　　那，那你再成个家吧，你看，这些年，漂着，总不是个办法。

　　呵，你怎么和我老娘一个说法？他笑了笑。他说，我这次回来给她治病，根本不能让老娘知道。要是晓得我花了这么多钱，我娘肯定会骂死我。

我理解他的老娘。她的儿子被儿媳抛弃了，而且是以"绿帽子"的方式，这是奇耻大辱，她在全村老少面前都抬不起头。

前几年回家的次数还多一点，这几年回来得少了，不敢回，回了没办法给老娘一个交代。她希望我带一个人回去。

这些年都没遇到一个合适的？

唉。他唉了一声，没往下说，眼里浮起一缕缥缈的光。

一个都没遇到？

遇到过。

那为什么不？

我这个样子，能给人家什么？不能害了别人。他很快打断了我的话。

你不和她复婚，就另成个家。

不。

那你说怎么办？

你说怎么办？

我们来回踢皮球了。

复婚？再找一个人成家？这是我一北一南的两个建议。我把生活拧得太清白了，要么这样，要么那样，一个男人总得属于一种状态，我不习惯这样悬着。或者说这是出自一种比较狭隘的小我主义，我心疼这样的男人，他不应该这样悬着。

在 ICU 门口，有几次，我看到他站在窗户边吸烟，一根一根猛吸。他的脸被一张看不见的手揉皱了，巨大的眼袋像两声沉重的叹息。我们在茶楼刚坐下，他问了句，我可以吸烟吗？烟是他保持平衡的一个杠杆。他的中指和食指顶端被烟熏成微黄色。

从 3 点钟到现在 4 点半，他抽完了 10 根烟。

也许，等她走了，再找个人吧。他轻轻地说道，她活不了几年的，一次一次病，身子一次一次垮下去，说不定哪天一口气上不来，旁边没有人及时发现，她就走了。前年住了两次院，去年住了三次院，今年到了ICU，明年呢？他望着窗子摇了摇头，摇得很无力。

这是他连续说得最长的一段话。他预测到死亡就在路上了，他赶不走它，只好等它。它随时来，他随时等。他不能忘记那些年他戴过的绿帽子，也不能眼睁睁看着她在死亡线上挣扎，去做一个陌路人。

死亡，命定的死亡，成为"你说怎么办"这个命题的唯一答案。

下午5点钟，我们结束了这场腻腻的黏黏的话题。

走了啊，周老师，谢谢你的茶。他向我摇摇手，骑上自行车奔医院而去。马上快到医生下班时间了，他得赶过去，询问今天的医治情况。

他转过弯，看不见人影了，我赶紧给我的几个死党打电话，询问海宁皮革城的大促销活动。刚才，他说到了海宁皮革城。是二床先说到的。昨天，二床大着舌头,含糊不清地说,快、快过年了,能不能、买、买,一件皮、皮、草。白，色的，短的，貂貂、貂皮、皮的。

明年，我给你坟头上烧蛮多钱

轰隆，轰隆。

轰隆声一直在响，好像有风在吹，大风，吹在墙上，被逼退回，又一次呼啸着扑过来。五床王桂香老人再次看了看这房间，全封闭的，四面的墙白得刺眼。没有风，是机器在轰隆。

到处是机器，到处是轰隆。

她的床头有一台机器。护士告诉过她，那是呼吸机，帮她呼吸的，没有它帮忙，她一口气吸不上来，人就不行了。

四床那儿也有。一个大机器[4]在轰隆隆地转，

---

4 指血液透析机。血液透析是肾功能不全终末患者的替代疗法。通俗说法是人工肾、洗肾，是血液净化技术的一种。它利用溶质的弥散、水的渗透和超滤作用，清除患者血液中代谢废物，纠正电解质和酸碱失平衡状态，并排除体内多余水分。

机器上伸出几根管子，四床的血从体内流出来，通过管子进到机器内清洗，又通过管子流进四床体内。四床是个老头子。护士说，他肾坏了，排不出尿，得用这个机器帮忙。

六床那儿也有。护士正将一根长长的管子伸进六床喉咙里，他踩着一个开关，他踩一下，机器[5]就轰隆一声，六床触电似的弹起。

三床、二床、一床，全部包在轰隆声中。无尽的风，不停歇地吹。

它们什么时候会停下来？在黑夜？可是，这里没有黑夜。房间里总是亮堂堂的，总是不停地有人走来走去，有时，他们还快跑。

一个血淋淋的女人被送到了八床上。白大褂们在机器间急促地穿梭。不一会儿，一个白大褂举起双手，摇了摇头。他的手被血染红了。一个男人从外面跟跟跄跄冲进来，趴在八床边，他抓起八床的手，紧紧地按在自己胸前。他不哭，不叫，只有肩

5　指吸痰机，可迅速吸走病人体腔内浓痰、脓血等黏稠液体。

膀在剧烈抖动。

八床死了？王桂香老人觉得她的头又一次被谁狠狠地压进水里，喘不过气来。她下意识地摸了摸插在嘴巴上的管子。管子还在。

八床死了。有两个白大褂正包着她。他们手脚麻利地抖开一副白床单，包八床的头，包八床的脚，包八床的身子，两分钟就包完了。从脚趾到额头包得严严实实，薄薄的一长条，看不出哪端是头，哪端是脚。这是王桂香老人看到的第三个长条了，下一个，是我，是我？更汹涌的水压过来，王桂香老人被水吞没了。她不由自主地抓住了管子。抓住，抓住它，抓住救命的稻草。

天花板上的日光灯已灭了。有医生和护士陆陆续续走进来换班，可以确定这是新的一天。王桂香老人心头一酸：天亮了，她又获得了崭新的一天，她不会被包成一个长条！

想到这里，王桂香老人用力地咳。她要把痰咯出来。吸痰管子伸进喉咙里再难受，她也配合。现

141

在，鼓励她好好咯痰的医生走过来了。

昨天，那个戴眼镜的医生鼓励她，多咯痰，配合医生的治疗，等到能完全脱离呼吸机，肺部感染控制住了，她就可以转到普通病房。

我走到五床身边，向她微笑，我要表扬她的配合。她咳得那么难受，她还在咳。这是个听话的老人。我就是那个戴眼镜的假冒医生。我只不过是个义工，戴上口罩、手套和帽子，看上去像个医生而已。如果老人神志清晰一些，能看进我的眼睛里面，看到惊惧、担忧、恐慌，她就能看清我的真面目。我并不具备专业医护人员所应有的淡定、从容。

前两天，刘医生试着给她脱掉呼吸机，只戴上简易供氧面罩。近20厘米长的管子从喉咙里抽出来，过了近3个小时后，她嘶哑的嗓子可以试着说话，她说的话吓了我一大跳。她说：你看，那里有个人，有个人。哪里？那里。她的手虚弱地指着头上。我向上望了望，那里只是天花板。没有哇。有，有，在那儿。天上，有，血、血人。我惊诧地再次望去，

142

还是天花板。我说，没有，哪里有人？有、有，血人。她固执地叫着，有人，血人，血人。

这老太太说胡话了吧？我问护士长。她说，这是重症监护室综合征的体现，人在这种全封闭环境下，离开亲人，整天接触到的都是机器声，都是刺眼的光，还会看见一些死去的患者，恐惧感孤独感会让他们产生种种精神障碍。最突出的就是谵妄状态。

谵妄？

就是意识障碍，思维凌乱，常会产生幻觉，多为视幻觉，也有听幻觉，内容都非常恐怖。

天花板上的血人是王桂香老人的幻觉？

对。

过了一会儿，老人又叫起来了，放我出去，放我出去！天上有人，血，我儿子，车祸，放我出去！儿子。我儿子！

把这些词连缀起来，那就是："我儿子出车祸了，成了一个血人，挂在天花板上，你们放我出来，我要看我儿子。"

所有的幻觉都应当有一点现实的底子在里面吧。会不会是老人在科室里见到过一个血淋淋的人，这个血淋淋印在她的脑海里，又被她与儿子组合起来了呢？我翻了翻前几天的治疗记录，果然有一起车祸，送过来一个血淋淋的人。

　　你儿子在外面等你，没出车祸。

　　血人，血人，在天上。快点，放我出去！

　　你看，这里没有人，没有。我找来一根棍子，捅了捅天花板。

　　我儿子，我儿子！

　　护士长将我拉开了，她说，五床这时候思维是混乱的，你给她讲不清楚。

　　五床王桂香老人 73 岁，肺结核患者，肺部严重感染，出现咯血，已不能自主呼吸。我们给她气管插管[6]，上呼吸机。两天前，刘医生试着给她脱掉

————————————
6　气管插管是指将一特制的内导管经声门置入气管的技术，这一技术能为气道通畅、通气供氧、呼吸道吸引和防止误吸等提供最佳条件。

呼吸机，但没有成功，只得再次气管插管。尽管经过了两次气管插管的痛苦，王桂香老人仍旧是位非常配合的患者。她努力咯痰，感觉到有痰了，就示意我们帮她吸。因为配合得好，作为嘉奖，我们给了她右手的自由，没有用约束带绑住。

好些了吗？我问她。

她轻轻地点了点头。

我们开始给几床病人作晨间护理。护士小王领着两个人进来了。一个是五床的儿子，一个是五床的老伴。他们一言不发地望了望五床，又将目光转向刘医生。他们刚才已单独和刘医生沟通了半天。

五床婆婆看见儿子和老伴进来，她的脸上浮起一层笑意。她吃力地抬起右手，伸向儿子，她想握住他的手。但儿子的手没有伸过来，他正望着刘医生。

这让刘医生怎么开口呢？她说，还是你们说吧。那父子俩默默地看着她，他们的脸上如死水一样平静。刘医生不得不小声说道，婆婆，我们把管子拔了啊。

王桂香老人脸上的笑意凝固了，怎么又要拔管子？是像上次一样试试能不能脱离呼吸机吗？脱了儿子就将她接回去？她将目光转向儿子和老伴。他们扭过头，看着一旁的急救柜不说话。

　　我们回家治。刘医生一边说一边去解嘴上的面罩。五床婆婆一把抓住了呼吸管子，惊恐地望着刘医生。管子插在她嘴里，无法开口，可是她很清楚，这管子不能拔。上次医生给她拔过管子，拔了一会儿，她就喘不过气来，又变成了一个溺水人，一口气也呼不下来，她要窒息而死了。她那破棉絮状的肺纤维组织给不了她呼吸，只有这管子能把她从水中打捞上来。管子在，命就在。

　　刘医生试着又去拔管子，五床婆婆的手更用力了。她抓着管子，摇头。

　　你们看，她不愿拔管子，我们也没办法。刘医生说。她实在不愿意拔这呼吸管。刚才五床家属一直要求脱掉呼吸机，将病人转回乡下医院治疗。她反复给他们解释，这种肺结核病人，不将肺部问题处理好，随时都有可能窒息而死。乡下医院根本就不能解决问题。现在，你们把病人拖回去，能不能顺利到家，都保不住。

我们问过了，乡镇医院也有那种简易氧气面罩。五床的儿子说。

那与呼吸机完全不同。

儿子不说话了，过了一会儿，他问道，我妈还得住几天？

这个说不准，得看她自身的机体恢复能力，毕竟70多岁了，又是个老肺结核患者，她的肺损耗太大了。

到底还得几天？一天的呼吸机费用就得两三千。

这个真的说不准。我们也想快点给她脱机，长期用呼吸机对病人不好，会增加肺部感染的几概，不用，她的呼吸又不好。这也是没办法的事，我们也想减轻你们的费用。

她这病以后还会不会再发，再到你们科室来？

儿子问。

　　这个，这个刘医生犹豫了一会儿，不知该不该告诉真相。她说出来，一定会吓到他们。这种病人，随时都可能窒息，都要进重症监护室。曾经有病人一个月住进来了两次。

　　医生，求你了。我们没钱了。五床的老伴沙哑着声音，一脸的愁苦。这位瘦骨嶙峋的老人，一直在科室外面等着。五床婆婆在重症室住了7天，他就在外面等了7天。他的双颊更深地陷下去，整个人像骷髅一样可怕。他说，能借的，我们都借了，到现在，都借了三四万，实在没地方借钱了。

　　刘医生还能说什么呢，只得进来充当这拔管人。

　　姆妈，我们回家去给你治。

　　王老太太目光直直地望着儿子，她还是摇头。

　　我们回家治。老伴说。他给她穿裤子，她的脚又摆又踢，不让他穿。她想大叫不回去，可是呼吸管堵住她的嘴巴，她叫不出来。我们只看到她那张痛苦的脸，在不停地扭动。她把管子抓得紧紧的。

她现在很清醒，她不愿意拔，你们再不走，我们就报警了。刘医生终于忍不住了，她哽咽着下逐客令。

　　两个男人转过身，默默地退了出来。那儿子似乎瘸得更厉害了，每走一步，都像踩在刀尖上。"钱"这只老虎咬住了他，咬得血淋淋的。一个六千，又一个六千，他受不住了。

　　"六千"是王桂香老人住进重症监护室之前的一段插曲。

　　七天前，接到呼吸科电话，通知有病人要转过来。我和刘医生小跑到科室门口。只有一个40多岁的男人架着一副拐杖，一脸惊慌地等着我们。

　　病人呢？我们急忙问道。

　　多少钱？他很快接上一句。

　　多少钱？刘医生一时没反应过来。

　　住一天得多少钱？他小声问道。

　　六千块左右。

　　六千？他的声调稍稍高了起来。"六千"挂在上扬的语调上，像个怪物。他听不懂它的含义。他怔怔地望着我们，过了会儿，他压低声音，自言自语念道，六千！六千！他听懂了，他接收到了刘医生提供的信息"一天六千块"。

之前，呼吸科主任告诉他病人得住进ICU，不过，你们家属要做好准备，那个科室花费比较大。几多钱？他问。主任说，这个你们要问他们科室。他拐下来，还不等我们按程序进行，"钱"就被他推到风口浪尖。

按程序，住进科室前，我们得与他谈话。涉及到费用、不能陪护以及其他一些情况的告知。一天得花多少钱必须说清楚。进了重症室，钱就是只老虎，扑上来，狠狠地咬着你。

六千！他不相信。

六千！！他更大的不相信。

然而，他必须相信这是真的。一天六千块这只是常规收费，如果要做一些特殊治疗，如置PICC，做CRT，一天的费用就会蹿到一万五左右。

他扭头走开了。留下我们和洞开的 ICU 铁门。他去找呼吸科主任问个明白，非得要这个"六千"才能保住性命吗？

两小时过去了，病人还没下来。"六千"这只老虎，正在咬人。那个转身走掉的男人会放弃吗？

三小时后，"六千"患者转进了重症室。我舒了口气，可是也为这个瘫子家属着急。不知有几个"六千"等着他，他能对付"钱"这只老虎吗？果然，在催费单上频频见到五床的名字。五床王桂香，欠费 3800。五床王桂香，欠费 4200。在每天的欠费和借债中，五床度过了 8 天。

这几天，五床成为我们谈论的主要话题。我们担心五床家属放弃治疗。有些病人有钱可是没有命。如一些脑梗病人，家属说，你们用最好的药，尽管治，我们有钱，有钱。我们也只能残酷地告诉他们，病人治愈的希望近乎为零，钱的意义不大。有些病人有命可是没钱。如这个五床，她的治愈希望非常大，但钱呢？儿子，患小儿麻痹后遗症，终生残疾；

一个女儿，远嫁到广西，日子也过得不富裕。用五床老伴的话说，他们家都是穷人，得了这个病，就好比家里来了个强盗，把仅有的一点钱都给抢走了。

面对疾病这个汪洋大盗，有多少人能赤身肉搏，并获得决定性的胜利呢？

科室门又被打开了，这次进来的是三个人，王桂香老人的老伴、儿子、女儿。他们围在五床旁边，默默地站着。女儿最先控制不住情绪，她喊了一声姆妈，眼泪就哗地一下流下来了。儿子抬起头，死死地盯着天花板。老伴给她穿裤子。

王桂香老人的脚还在乱摆乱踢，女儿按住了她的腿。妈，我们实在没钱了，我们没钱了。女儿号啕大哭起来。五床的腿软了，不摆，不踢，两行泪水无声地落到了枕头上。

老伴低声说道，明年，我给你坟头上烧蛮多钱。

补记：

我是不是太过脆弱了？

152

在科室里和这群病危者待在一起，总想他们能快点醒来，睁开眼睛，眨个眼皮。我渴望眼睛的对视。

探视时，我才知道有些对视是这样艰难。

家属们望着你，眼神无力，虚弱，又执拗。

已经很明晰的病情被他们反复提及。

今天叫他还是没有反应？

没有。

一点也没有？

没有。

一点点？

真对不起，我们尽了全力。

沉默半响，他们的眼睛仍看着你。无力，虚弱，又执拗。"放弃"哽在喉咙里说不得。

医生也不能说。医生换个说法：你们也尽心了，病情一直这样没法好转，要不，接回家去保守治疗？

回家？回家就意味着放弃。

意味着对一个人生命宣布结束。

意味着杀死一个人的不是病，不是脑死亡，是家人。

这一刻，他们眼里装了多少虚弱：不是我，不是我，不是我结束他的生命。

这一刻，我低下头，不再看他们。这些勇敢的人，写下"放弃一切治疗"六个字。未来的岁月，他们必将踩在刀尖上过日子。

2014 年 1 月 12 日

我喜欢人多一点

二床，王佳瑜。

我不可能不熟知她的名字。我的左边口袋里装满了她的名字。

佳瑜，妈每天上午与几个人来问医生情况。下午 4 点才能到病房外看你。小朱、爱华、海珍，她们都来了，还有你不认识的人。

佳瑜，你的病情有 70% 的好转，再打两天免疫球蛋白，就能转出来的，我们要一直打到你有力。

佳瑜，妈妈今天到肖港佛堂去求菩萨保佑你了。

佳瑜，你安心休养，过两天就会好的，我们等你。我们用一切办法把你治好，一定要把你治好。

妈，我回来了，我在姥姥家喝了藕汤吃了麻糖，你放心。凯凯。

我的右边口袋里也装满纸条，那是她写给外面的信。

我会好起来的。

谢谢我的亲人的关心。

凯凯，你要听姨妈的话。

我的身份是情报员，主要任务为她传递情报。在传递之前，我得先做她的书童。

我没想到她要写字。

最开始我以为她不配合治疗，她的手很不听话，被约束带绑住了，仍一刻不停地比比画画。我说，你要听话呀，治好了，你就能快点转出去。但她不听，手还在画个不停。先是大拇指和食指中指伸开，接着，食指和中指并拢，和大拇指一起在空中画。她要写字吗？我盯着她的手势，仔细辨认，横，横，竖，竖。真是笔画。我这才发现，柜子上的一沓护理记录单上，画满纵横交织的笔迹。一笔赶着一笔，一笔连着一笔，有时，捺笔划破了纸面；有时，一横又扬到了天上。

这应该是字，可这是一些什么字啊？我拿着这沓纸发愣。护士小玉无奈地摇了摇头，她说，二床昨晚画了一晚上字。你看她又要画了。我们没工夫一天到晚举着纸让她画。

我来吧，我来。我解开了二床右手的约束带。她的手在不停地抖动，她试了几次，才把手中的笔抓紧了。我半蹲着身子，将纸正好举到她写字的高度。

她捏紧笔，努力想把笔画安在规定的位置上。然而，她管不住她的手。因为肌无力，她手在不停地颤抖，笔画们便乱了方寸，头落了地，脚上了天，一个字五马分尸般惨烈。愈抖她愈用力，愈用力她愈抖。她画下去的每一笔都有刀刻般的力度。那刀又在不断晃动。

写好一个句子，她就急切地望着我。嘴里含糊不清地叫着，看看我一边轻轻地拍她的手，安抚她别急，一边在脑海里快速拼凑那堆支离破碎的笔迹，按它们的走向，猜测意思。

第一个句子我猜了三次意思，没猜对。第二个第三个句子，我也猜了两次才猜对。

痰多了，她难受。

她喘不过气来，到处堵住了，不能出气。

快点，不行了，好难受，要闷死了。

她的表述里全是用的"她"，她不说我，我不存在了。她说"她"，她妄想那个正在受刑的不是自己。

她不是她自己近 10 年了。

2000 年，刚开始发作时，谁也不知道是哪个混蛋加害于她。抽血，化验，拍片，做 CT，做加强 CT，都没有发现病灶，没发现任何器质性病变。肾是好的，心脏是好的，肝是好的，什么都是好的，但她就不是她自己。她眼皮下垂，视力模糊，不能清晰地看清面前的事物；她讲话大舌头，构音困难，不能清晰地表达自己的意愿；她咀嚼无力，吞咽困难，不能正常饮食，只能吃流食；她不能正常的地劳作，稍稍一点体力活，就感到疲惫不堪。发展到最后，她不能上楼，不能举起胳膊晾衣服梳头发。

她什么都不能了，她还是她自己吗？在此之前，她是一家单位的会计，年轻、漂亮、能干。现在，一切都毁掉了。最可恨的是找不到幕后凶手。它穷凶极恶地一次次出拳，一家人陷进惶恐不安的泥沼。武汉、上海、北京，几家医院间奔走，反复核查排除，最后逮住了它——重症肌无力。

这是一种全身免疫性疾病。在中医学上被称为痿证，是以肢体筋脉弛缓，软弱无力，不得随意运动，日久而致肌肉萎缩或肢体瘫痪为特征的疾病。由于肌无力，她因呼吸、吞咽困难而不能维持基本生活、生命体征。一年住进呼吸科两三次，这是常态。这一次因为感冒诱发并加重了病情，导致呼吸衰竭，不得不住进ICU。

王佳瑜一住进科室，就成了异类。她太不安静了。在约束带允许的范围内，她不断地敲打着床沿。把护士敲来后，就举起她的手，比画着写。她要写字。护士们费好大工夫才能猜出字意。她似乎有用不完的力气，要不停地写。昨天写了一晚上。写什么呢？就写我刚才看到的那些句子。反反复复写。

王佳瑜不能不写，写是她存在的一种方式。她只是无力呼吸无力运动无力循环，但思绪还不曾无力。她是如此清醒，她渴望表达。

这清醒于她却是有毒的——她比那些陷入昏迷的任何患者都要痛苦，她如此清醒地感知她的疼痛，她的绝望，她的挣扎，她的渴望。有一刻，我甚至希望她能昏睡过去。

又要给她吸痰了。吸痰管一伸进去，她就拼命摆着头，想摆掉管子。她一摆头，我就赶紧向小玉摆手。我说，别吸了，别吸了。小玉很讨厌我这个医盲。她不屑地对我笑了笑说，那好，你来帮她咯痰？我只好不作声了，扭过头捂住了耳朵。

你能忍受近一尺长的管子伸进咽喉里的情景吗？我不能。科室里当然有比吸痰更让我这个医盲害怕的操作，置管，抽血，一管子一管子地抽。但它们不发出声音。吸痰却要发出海啸声，呼呼呼。病人则像遭受电击一样，僵硬着身子一阵阵弹起。我不忍心听也不忍心看。病人要吸痰了，我唯一能做的事就是赶紧跑开，离得远远的。可是，对这个二床病人，我是跑不掉的，她紧紧地拉住了我的手。我捂着耳朵战战兢兢地守在她的身边。

　　她拉住我的手不放开，是从她发现我也是个异类开始。

　　"你是这里的医生？"她在纸条上写道。我点了点头。她眼里闪过一丝怀疑，分明在说"你不是"。

　　我学着她的样子，也在记录单上写下"我是"。她摇了摇头，写下"你不是！"她一连打了四个感叹号。我只好投降，在纸上写下"我是刚分进来的医生"。她咧开嘴笑了笑，一副看破我嘴脸的神情。

　　是什么出卖了我？白大褂、口罩、帽子，一样不差的装备齐了。是我的眼睛。不安、恐惧、痛苦、欣慰、担忧、期盼。人间的所有情绪都深深地镶嵌在我的眼睛里。进科室将近两个月了，我仍然是个异类，医生和护士们的那份淡定从容，我无法学会。这个二床，如此敏感，仅仅凭着对痛苦的相同感知，她认出了我这个异类。

我在她的床头站了近两个小时，我不能动弹。我刚要把手抽出来，她明明闭得紧紧的眼睛就很快睁开了，一眼的恐惧。"你听话，我一会儿就回来。"我小声说道，她摇头，随之，我的手就被更紧地抓住。

等她又闭上眼，很安静地入睡了。我又小心翼翼地向外抽手，一根手指头，两根手指头，眼看第三根手指头要突出重围，她却再次睁开了眼。睁开了，眼神就凝固在我脸上了，眼里的恐惧加深，加深。我羞愧地低下头，将抽出来的手反扣住了她的手，紧紧地握住了。

至此，我的任务就很清晰了。除了探视时，给她和家属传递纸条外，就是握着她的手站在她身边。站在她身边的不是我，而是一个标志。

标志她还活着，活在一个活生生的世界里。她不能咯痰，不能吞咽，不能呼吸。她仿佛生活的一个虚无影子。她被虚无折磨得太久了，她的世界摇摇晃晃，只有握住的一只手标志着她还在这人间。

她的大拇指和食指中指伸开，接着，食指和中指并拢来，和大拇指一起在空中画，她又要写。那些仓促的笔画，踉踉跄跄被一口气追着。

你不走。

我喜欢人多一点，我喜欢人和我说话。

我不敢睡着，我害怕我一睡着就醒不过来了，你把我抓紧一些[7]。

7　这是肌无力患者常见的呼吸肌无力现象。胸式呼吸微弱或消失，气短，气憋，常需补充深呼吸或叹气样呼吸，有的病人在睡眠中憋醒，感觉呼吸不能，精神紧张需喘息半小时才逐渐恢复，不敢睡眠，重者需用呼吸机维系生命。

补记：

和屈医生送一个病人转到骨科回来，已到下午六点多钟，扣子放学已一个多小时了，我赶紧冒雨骑车往家里赶。在食堂的拐角处，我右手扶车，左手正在扯雨衣，眼看一辆车从左边转过来，我来不及腾出手来捏刹车片，笔直撞了过去。

对方一个急刹车，跳下来，看他的车。还好，只是车门那里被我的电动车撞掉了一小块油漆，而我这个肇事者还活着，瘫坐在地。他开口便骂，你给老子不长眼，赶什么赶，再早一秒，撞死你。

我呆呆地听他骂。他的酒气扑到我脸上。车撞上的那一瞬间，我的大脑迅速短路，我蒙了：灾难？这就是灾难？如果再早一秒，我笔直撞到车头，我的头就碎了？

是我没有捏刹车片的错？可是，他在转弯时，并没有按喇叭，是不是？我仔细回忆，他真的没有按喇叭。交通事故里，我不应该负全责吧。

对方还在骂。他一边检查车门一边骂：老子撞

163

死你，能赔几个钱。

如他所言，我被撞死了，他赔不了几个钱。他买了保险。

好了，这篇补记写到这里就应该打住。因为这有攻击车辆保险的嫌疑。我不想说车辆保险的坏话，我想说的是，车主们有保险作后盾，我们，一条命拿什么作保障？

凯迪拉克开走了，雨水冲走了我膝盖、胳膊上的血。想起护士长说过一个数据，假如十二张病床住满了，那么，其中两张床的濒临死亡者就是车祸造成的。

2014 年 2 月 3 日

一把火的几个版本

火先是在他嘴上燃烧着，作为一支烟。

他每天都要吸三包烟。早上起床吸，中午吃饭吸，晚上睡觉吸。

跟了他一辈子的弱智不影响他抽烟。相反，他只有抽烟时，看上去才和正常人没有两样。

但火不老实了，不知怎么就跑到了衣柜里。一团衣服燃着了。

接着，燃着了他的头发，他的脸。火呈圆球形包裹着他的脸。

火燃到衣服再燃到他的脸，有个时间差，他飞跑一步，是可以躲过圆球包裹的。但他没有成功逃跑出来，一双手拼命地抓着扑打着火。火又不是一顶帽子，他怎么抓也抓不下来。火又将他的手裹住了。火还裹着浓烟，冲进了他的咽喉，很快地将咽道变成了烟道。

护士小刘指了指一根插在他咽喉部的管子，管壁黑乎乎的，下面的容器里盛着近200毫升的墨水。那都是从他体内抽出来的。

他傻呀，大白天着火不知道跑。看着那200毫升黑漆漆的液体，我真是为这人着急。小刘用手指点了点自己的后脑勺，说，他有点那个。

哪个？

智障。

智障？我惊诧地望着二床，这不断抽搐的身子，这痛苦万分的表情，这被烧坏的脸，烧坏的手，烧坏的人，和一个普通患者又有什么区别？

他的两只手虽然被约束带束住了，仍旧神经质似的向上抓，抓他脑袋上的一团火。他浑身在波动，一种叫疼痛的波浪从他的后背一排排汹涌而来。小刘细心地给烧破处的皮肤涂上磺胺嘧啶银，这种药可以有效地收拢脓包和消炎。因为烧伤面积太大，已达到了烧伤三级，他的全身几乎都被涂上了药，后背上还在不断冒出脓包。护士们拿来钳子，小心地戳破脓包，涂上药水。

他这种情况过几天可以出院？我问小刘。

出院？今天。

今天？

嗯，昨天探视时就说了，今天拖回去。

拖回去？我心里咯噔一下，有点发慌。我明白在这种情况下，拖回去意味着什么。

我回头看了看床头监护仪，那上面的心跳数心律数氧饱和数都控制在正常的范围内，怎么就要拖回去？因为智障，因为他只不过是个傻子？可是，在 ICU，他和一个局长、一个董事长是平等的，他现在只有一个身份——患者。

福利院浮出水面，他的妹妹浮出水面，妹夫浮出水面，浮出水面的还有村主任，还有民政部门。他傻，但他不是石猴，每一个生命应有的盘根错节，他都具有。这样，我在这篇文章开头描写的那段火就成了虚构。

每天都喝得醉醺醺的。前两天中午，又喝了酒，要不是白天，我们会担多大责任啊！那要烧死多少人。福利院院长愤愤不平地说。

这是一个三四十岁的妇女，很干练。然而，她的干练遭到了挑战。她的愤愤不平里，有讨伐的意味，但更多的是无奈。她能拿一个智障人怎么办？

早上 8 点钟，我配合小刘做完二床的护理后，就一直在 ICU 门口等二床的家属。等了半天，没见到二床的妹妹和妹夫。旁边有人告诉我，福利院院长和民政部门的人也在楼下等家属。

也许是因为我的白大褂，代表了医院似的。我一开口问，二床家属来了吗？院长就凑上来了，她原本在大厅里焦急地晃来晃去。

我们那病人怎么样？她问。

还好，刚做了护理。你们今天要拖回去？

他们家属说要拖回去。"家属"两个字被院长以重音突出出来。

就这个样子拖回去？我后边的话没说下去。拖回去就是放弃，放弃就是死亡。院长不会不懂这个事情的进程。

她很快就懂了，连忙接过我的话头，强调道，是家属昨天说好了拖回去的，我们也在等他们。

他们在出院手续单上签字了？

还没有，今天来签。她一边说一边回头看了看大厅外。她旁边是乡民政部门的一个中年男子，正在打电话。

等一会儿，他们还在商量。中年男子回过头来对院长说。

家属同意拖回去，你们要不要赔点钱呢？我犹豫了半天，决定问这个问题。

我们怎么可能赔钱呢？我们本来就是一个福利事业。替他们家养了这几年，白吃白喝的，不可能赔钱。院长坚决地摇了摇头，她看我的目光也掺进了一点敌意，很警惕。

我是说，做一些人道性的补偿，毕竟是在你们那儿出的事。是不是？我赶紧赔上笑脸，为她搭了一个后退的台阶。我不能和她谈崩了。

那是当然的，后期的料理，甚至安葬费什么的我们都会出。院长毫不回避地谈到了死亡。

哎，你们碰到这种情况也是倒霉，多亏你们送得及时。我深表同情地微笑。院长的面色缓和了一些，眼神不是那么警惕了。她指了指椅子，说坐一会儿。她摆出和我长谈的架势。

你知道吧，一直到今天，我咯出的痰还是黑色的，那天就是我冲进去把火扑灭的，这老头真是害人啦。

烟头不小心烧起来了，他又不晓得跑，要是一个健全人，肯定早就跑出来了。我为二床辩解着。

我怀疑不是不小心，是他故意的。纵火。院长说到这里，停了会儿。

她给我一段消化的时间。我吃惊地望着她。

怎么可能呢，纵火？我压低了声音。

你想啊，床单被子都没烧，怎么单单只烧了衣服？衣服还叠成一堆，放在柜子里。明显是他故意放火的。

没理由哇。

前几天他和他妹妹吵了一架，我们也不知道为什么。反正他心情不好，喝了酒，就回寝室里，点燃了衣服。幸亏是白天，要是晚上，我们福利院就遭大殃了。

我的面前出现了一幅画面：1月31号中午，65岁的二床想到妹妹，想到吵架，想到几只老虎在他脑子里横冲直撞，他喝掉了大半瓶酒，他想这样我就可以干掉老虎了。他踉踉跄跄直奔寝室，打开了衣柜，衣服清理出来摞成一堆，接着，他坐在衣服旁，开始吸烟。他点燃了第一件衣服，点燃了第二件、第三件。浓烟升起时，他自己就成了一件被点燃的衣服。

然而，院长让我画出的这幅画面也是一个虚构。谁目睹了那一幕，谁又是那个弱智二床？没有谁，没有对证。二床在我们精心护理下，还活着，不能对证，他被拖回去后，也不能对证。因为死亡即在眼前。

先是皮肤大量脓疮，全身感染，再是因为身体大量失水，失水性休克，肝肾等各器官代谢紊乱，微循环系统破坏。

就这样拖回去，二床一道鬼门关也过不去。

不拖回去呢？

护士小刘给我算账。抗感染抗失水抗微循环破坏，这是前期医治，然后，就是大面积皮肤移植。整个花费没一百万拿不下来，这还不包括后期的护理调养。

拖，是必然的了？然而，是谁决定的拖？这个问题又固执地横在我心上。

院长还在清算二床的过错。他曾经喝多了酒要跳楼。他曾经殴打一个 80 多岁的爹爹。他曾经癫痫病犯了。现在有些人真可恶，将人送过来的时候，都隐瞒病情，像这个老头送进福利院时，他妹妹根本就没说起癫痫病。当时我们嫌他痴呆，怕出事不肯接纳，他们家下保证出了事不找我们麻烦。你看，这不就出事了，真烦人。院长站起来，向窗外看了看，她又有点着急了。

我这几天就一直守在这里，什么事都不能做。你说烦不烦人。

我决定再给她狠狠一击，让她闭嘴。我说，你知道吧，他们家要是不拖回去，你就有一个无底洞，永远填不满。

这个晓得，晓得。院长不再讨伐二床了，她开始说自己的难处。全院 30 个老人，痴呆、傻子就有六七个，90多岁的有5个，高血压的、糖尿病的、冠心病的，不下10个。

那你们配有医生吗？

呵？哪来的医生？我们配有救心丸降压药等一些常规药物。一些简易的救护工作我们都懂一点，比如说癫痫病犯了，就死死地按着他手腕处一个穴位，按一会儿就没事了。院长一边说一边演示给我看。在我面前露一手，让她感到轻松了一些。

说话间，一群人走上楼来。走在最前面的是位高个子的乡下老人，穿着一件崭新的夹克。乡村地摊上常见的一二十块钱一件的劣质品。显然还没下过水，今天第一次穿，衣服上僵硬的折线像钢筋一样，绷得整件衣服像一个不合时宜的外来物，很别扭，就如同现在他的表情，很严肃，很郑重其事，但这严肃的背后又有点虚，没有什么作依靠，他的目光是飘浮的。他整个人就是一个乡下人的执拗与怯弱的交织体。他的身后紧跟着一个精瘦精瘦的男人，目光淡定，步伐稳重，一看就是一个主事的人。

最后面是两个二十几岁的女孩子搀扶着一位五六十岁的妇女，看上去如幽灵一样，好像有什么深深地压着她，一直压着，这压力内化成她身体的一部分，再也摆脱不了。

院长和民政部门的人赶紧迎上来。精瘦精瘦的男人向他们介绍高个子男人，他就是二床的妹夫。他们之所以到现在才来，就是等他。他刚从西安一个建筑工地上赶回来。现在，他的身份很敏感。按人伦秩序，轮不上他作决定，但他是二床妹妹的老伴，他的意愿就是她的意愿。在乡村，一个老妇人除了带带孙子晒晒太阳，等着一天天变老，她们基本上没有属于自我内心的东西，她们的意愿经常被忽略掉。

现在，一群人要处理的是这个老妇人兄长的生死，但，兄长的智障人身份，让老妇人的话语权显得更是微乎其微。在这场签约中，二床的妹夫才是那个拍板的人。

民政部门的人伸出手紧紧地握着他的手，连声说，真是对不起，对不起，出了这样的事。

是他不听话，总是喝酒，喝出了事，给你们添麻烦了，我们对不起公家。高个子男人果然是拍板的样子，他很得体地握着对方的手，有节奏地摇了摇。刚才上楼时那点怯弱不见了，他毕竟是一个人情练达的乡村老汉，懂得进退分寸。

是我们没照看好，事情也出了，您看怎么办？

听我们村主任的吧。他指了指那个精瘦精瘦的男人。

村主任从口袋里掏出一张纸，递给民政部门的人。我凑上前想看看，但那人一见我向前凑，就有意识地收回了纸。这是他们之间的机密。

是协议吗？应该涉及赔偿吧。尽管刚才院长一直不承认"赔偿"这个词。二十万？三十万？

一纸协议在院长、民政部门的人、二床的妹妹和妹夫手上传看了一遍。没有人提出异议，大家默默地看着。村主任环视了一圈，说，那就按手印。他掏出了一盒印泥。来，你先来。他对二床的妹妹说。

老妇人犹疑地伸出右手食指，抖抖的，不知按哪里。村主任用手指点了点。老妇人的手印按上去了。

村主任和院长几个人在商量如何运二床回去，如何和乡医务室联系时，老妇人靠在墙上一言不发。她的眼神直直地望着地面，脸上像撒了一层灰。

院长对老妇人说我们去叫医生吧。老妇人抬起头，疑惑地望着院长。她没有听懂"叫医生"的含义。院长说，还要在出院手续单上签字，我们先前不是说好了吗？您看，刚才按了手印。您放心，后面的事我们都会处理好。民政部门的人、村主任，都可以作证。

院长的声音有点急，但不是那么明显，压抑着。老妇人不在出院手续单上签字，谁也不敢把二床从病床上拖走。

老妇人呆呆地望着院长，泪水很快涌上她的眼眶。院长停住了她的嘴巴，空气静默了。只听得到泪水一颗一颗砸在地上，砸了很久，老妇人轻轻地点了点头。

哦，那麻烦你快去叫医生。院长赶紧对我说道。

签字时遇到一个麻烦，老妇人无法把自己的名字写在放弃合约上，她不会写字。那你们谁来写，她按个手印也可以。医生说。

二床的妹夫写上了"同意放弃治疗"六个字，老妇人右手食指抖了抖，最终不动了。我看那个弧形的指纹正好压住了"同意"两个字。

到现在为止，院长担心的变卦不存在了，几方面人都在场，签了字画了押，今天出院是铁板上钉钉子。一群人套上鞋套，随医生去病房拆去各种管子，运二床出来。ICU门口空了一大片，安静了许多，仿佛刚才的一切是个梦。

突然有哭声响起。是二床的妹妹，她趴在一个拐角处的墙壁上哭着。声音很小，但是很有力，铁锯似的一锉一锉，像一匹猛兽被抵在铁笼里，在拼死挣扎。

我走过去，默默地扶着她的肩膀。她的身子抖动得更厉害了，那猛兽要冲出铁笼了。

是不是在半路上就会死？她问我。

这个，看情况吧。我不知道应该怎么回答她。我就这个问题请教过刘护士，因为二床的咽道全部烧坏了，用呼吸机维持呼吸。出病房后，只有一个简易的呼吸气囊，靠人不停地挤压气囊，送进空气供二床呼吸。气囊又会维持多长时间呢？我不能告诉老妇人真相。

他在半路上就会死，是不是？她又问我。

其实她也没有问我，根本不指望我回答。她就是要明明白白地说出那个"死"。由自己说出来，把自己逼到绝路。

她不签字，没有人会拿着枪逼她。

她不签字，也没有人告诉她从此就是艳阳天。

父母去世后，这个名叫哥哥的人在她家里过了好几年，一年、两年、三年，她都扛过来了，但抗不过时间的漫长。一家人的日子不能总是浸泡在他酗酒、癫痫与弱智里。隐瞒他的癫痫病史，当着院长的面砸破他的酒瓶，发誓不准他喝酒，在福利院里坎坎坷坷熬了几年。她只不过为他喝酒又骂了他几句，骂他这个累赘，骂他害人。她没想到这把火。

签字，不签字，都是被抵在铁笼里的一匹猛兽。说出的"死"让老妇人获得了一种死而后生的痛快。早点把自己逼到绝路，早点了断她对艳阳天的期望。生活中，她没遇到枪，她遇到的东西比枪还要凶险。她开始号啕大哭，没有言语，只有哭。

这时，门开了，院长村主任妹夫民政部门的人出来了，他们推着一辆车，车上是二床，全身裹着白色床单，只有他的脸露在外面。污黑的、肿胀的、变了形的脸上涂满了磺胺嘧啶银，像一摊淤泥里撒进的一撮盐。

二床曾经睡过的床被刘护士清理得干干净净了，看不见脓包，看不见败破的脸，败破的手。他作为一个人，也将被看不见。

看不见的还有一把火的原因。在文章的开篇，我满心以为我看到了，但院长说那是我的虚构，她给了我两个版本，一个是纵火烧死自己，一个是纵

179

火不仅烧死自己还要把整个福利院的人都烧死。我以为院长也在虚构，因为我们之间缺少一个重要的人证。

一个弱智，死无对证，生也无对证。

补记：

临睡觉前，读到弥尔顿的一首诗：

> 无论谁死了
> 我都觉得是我自己的一部分在死亡
> 因为我包含在人类这个概念里
> 因此，我从不问丧钟为谁而鸣
> 为我，也为你

2014 年 2 月 13 日

你见或不见

这个结果，让我们大跌眼镜。

我们先是将她的床头摇起来，只要她稍稍扭过头，就可以看见探视家属。窗外，老爷子不停地敲打着窗子。他提醒她，他就在外面，他来看她。

她摇着头，被呼吸罩捂住的嘴支支吾吾的。她还看不见？我们又小心挪动呼吸机、氧气瓶，将床由竖着摆放变成横着放，又把两边的窗帘拉得开开的。这样，婆婆的整个人全暴露在玻璃窗面前了。谁知，她猛然一低头，没有被约束带绑住的左手极快地捂住脸。她的头摇得更厉害了。

一天一次的探视，她不接受！

我们愣住了。我们还没遇到过拒绝家人探视的患者。ICU 作为一个特殊的科室，不能让家属陪护，这对病人和家属是一种除了疾病之外的另一层心理上的考验。在科室大门口，经常可以看到被子、手电筒、充电器、脸盆、毛巾和饭盒等。家属们用日用品撑起另一个生活场所。患者一天不转出，他们就等 24 个小时；两天不转出，就等 48 个小时。其实，我们留有家属的号码，为了保证联系的畅通，一般会留两位主要家属的。请医生会诊，做气管切开，做静脉管道建立等一系列非常规治疗方案，都会提前与家属沟通，不需要他们整日整夜守在门口。但是，在 ICU 门口，从早到晚始终站满家属。似乎除了这儿，他们再无其他藏身之处。

有一天早上 7 点钟，来上班的护士刚掏出钥匙开门，只见一个中年妇女从一旁冲过来。"让我进去，让我进去。"她抓住护士的胳膊，歇斯底里地叫着，眼睛里闪着恐怖的光。"你们知不知道，我等了一晚上，让我进去，我要看我老公。""你不要着急，你放心，有什么事情医生会通知你的。"护士安慰着。"不，不，我要进去，我要进去。"话还没说完，她就昏倒在地上了。这是一位胃大出血患者的家属，患者昨天晚上 9 点钟左右送到 ICU。一阵紧急处理后，病人的生命体征稳定下来，我们劝家属回家，等第二天上午医生的告知，谁知她在走廊外等了一晚上。走廊上本来有两条长椅子，被另两床患者的家属占住了，一个人裹一床薄被子，窝在上面，也不知道这个中年妇女是如何度过这早春的寒夜的。

看着她苍白的脸，我说，"你在这儿什么事也做不了，白白地等着，何苦呢？"她惨淡地一笑，反问道，"你说，我在哪里能做事？我还能做什么事？"

家属们什么事也不能做，只有等待。ICU 的大门什么时候会打开，将亲人放出来，这是一个未知数。在中途，会打开几次。有时是交代病情，有时是送病人出去做相关检查。每次开门，都会涌起一股潮水。家属们涌过来，他们说起许多他们认为重要的信息，重要的建议。明知这些信息建议与目前的救治完全不相干，甚至南辕北辙，我们还得耐心倾听，允许他们表达完，他们的焦虑恐惧需要一种释放的渠道。退潮后，大门口又冬夜一样寂静。一群人陷入等待。有人蹲在角落里一支一支抽着烟。亲人还有多长时间醒过来，意识能够恢复吗，脑内出血能止住吗，最终能熬过去吗？这都在等待中。ICU 冰冷的铁门将生死线上挣扎的亲人隔开了。亲人会配合医生吗？会挺过来吗？一天一次的探视显得尤为珍贵。4 点钟不到，探视大门口就挤满了人。

对于清醒的病人而言，4点钟的探视不亚于他们的一次重生。尽管隔着玻璃窗，看见亲人的脸就是通向外面世界的通行证。凭借这通行证，他们可以从病魔的控制下暂且脱身，他们不再叫二床，也不叫三床，而是叫强子，叫志强，叫强伢。他的名字在亲人的呼唤里一次一次得到强化，给他注入与病魔抗争的力量。

在整个治疗进程中，探视工作是一件大事情。我们尽可能安抚家属的情绪，字斟句酌地告知病情。

眼前这位六床婆婆，早上送过来时，整个人就像一台发动机，轰隆隆地响。首先是呼吸机的响声，再就是她自己的呻吟声。她耷拉着头，整个人蜷成一团。她完全不配合治疗，过不了5分钟就要拉下呼吸面罩，拉不了罩子就想拉管子。

整个上午，六床床头监护仪上的数字反复出现异样。一会儿氧饱和掉下来了，掉到七十几，六十几，一会儿心率达到每分钟一百二十几。

与其看着她这样折腾自己，倒不如让她骂我们一顿。骂了，也许她就安静了。我走到她身边，说道，你要是不舒服，你就骂我们。她瞪着眼，摇头。

我们挨的骂够多了，骂我们是杀人犯。你们是什么医生？不给我吃，不给我喝，不让我儿子来看我。我要出去，我爬都要爬出去。前段时间，有位老爷子就是这样骂我们的。是啊，我们不让人家吃，不让人家喝，还将他与亲人隔开，我们不是杀人犯又是什么呢？我们苦笑着，听他骂着。这个六床婆婆不骂人，除了难受得呻吟外，她在无声地抗争，拉管子，拉呼吸罩。她像一只受伤的刺猬，到处是伤口，到处是荆棘，好像她的身体已装不住她，她要挣脱，她要到哪里去呢？护士长只好派两个护士一左一右看住她。我们比任何时候都渴望4点钟的探视。家属的安慰，会让婆婆的情绪稳定一些吧。

谁知，是这个"我就是不见"的局面。

六床婆婆患尿毒症已8年了。8年间，每一个星期都要做两到三次间断透析。

一个星期两到三次透析，那谁陪着做？我问老

185

爷子。

我。

您啦？

嗯。

您子女呢？

都在外地上班。

那您方便吗？

习惯了，没事。那种透析比你们科室里做的这种持续透析要简单一些。

走到拐角处，老爷子又回头看了一眼，窗帘已关得严严实实的了。他说，医生，求你一件事。

您说。

你等会儿进去，就告诉我婆婆，说过两天，二儿子从济南出差路过孝感，来看她。

这是好事呀，您家老二要回来看她。

不是，不是。老爷子赶紧打断我的话。不能这样说，要说出差路过顺便来看她。

这？

如果说特意回来看她，她就会胡思乱想，认为自己快不行了，孩子们急着赶回来见最后一面。

老婆子一生刚强，要面子。老爷子说到这里，无可奈何地笑了笑。他拿这老太婆可真是没有办法。探视走廊里，别的家属都扑在玻璃窗上，热切地望着亲人。只有他，像个被人遗弃的小孩子，没人认领。他的老婆子被病痛折磨得生不如死了，仍旧要面子，不肯给他看见乱糟糟的样子。

第二天的探视，老婆婆还是"我就是不见"。第三天，她的病情有所缓解，摘除了呼吸罩，整个面色不再死灰一样，她能安安静静地躺着，监护仪上的数字也保持在正常值。如果继续好转，有望明天转到普通病房。4点钟，我们将她床头的窗帘拉开，她没有像前两天那样摇头反对。

要不，让老爷子进来和你说会儿话？

好。她的眼睛亮了一下。她抬起右手，试图理一下头发。她的手抖抖的，使不上力，护士小玉赶紧上前帮忙。挽起来。六床老太婆说道。扣子，扣子。她又小声叫起来，她要扣住胸前的两粒扣子。

家属当然不能随便进病房，可是老爷子吃了两天的闭门羹，让我们都觉得心疼。他眼圈微红，说话时却一直带着笑意。她啊，是这样的，倔。他担心我们责怪六床的不可理喻，为她找着理由。

你乖啊，争口气，过了今天晚上，我们明天就转出去啊。老爷子趴在床前，轻言细语地说着。

晓得，晓得。

你争口气，争口气。他走了几步远，又转过身来叮嘱她。

她微侧着头，右手抬起来，向外一摆，意思是你这老头子可真啰唆，快走吧，快走。可是她的手指向外摆的动作并不明显，有点招手的意思，等老爷子转过身再叮嘱时，她的手向内招了招。老爷子赶紧三步并成两步，来到她床前。

你不来了？老婆婆嗫着嘴巴问他。

来，来。老爷子笑眯眯地点头。他的身子向前探了一步，轻轻地拍她的后背。

那我要吃话梅。她嘟囔着。

话梅？

就是。

医生，能不能吃话梅？老爷子急切地转过头来问我们。老太婆下了圣旨，他不知道应该如何执行。她是他的女皇，但这里不是她的疆域，由不得她做主。

甜的吗？甜的不能，她的血糖还蛮高。

不甜，不甜。我们买的是咸的，她嘴里乏味。她平时都是吃咸的话梅。

那就少吃一点。

不多，不多，就给她带两颗。他又对婆婆说，听到没，只能吃两颗。

好。婆婆的嘴巴终于不翘起来了。嘴巴咧开，她有似小顽皮地笑了笑，这是她第一次笑。

你要听话，争口气，明天我们就回家。老爷子又念紧箍咒。

晓得啦。这一次，老婆婆的手势很明确，是挥，是让这饶舌人快走。

过了近一分钟，又有急促的步子跑过来。我们一看，又是那个老爷子。

你是忍一会儿等我送米汤来时一起带过来，还是现在就想吃？

老婆婆噘着嘴巴，想了想说，现在。

好，好，现在，现在，你等着啊，等着。老爷子趔趄着小跑出去了。快转弯时，他回过头，像是冲着我们，又像是冲着老婆婆，他竖起大拇指，打了个胜利的手势。

一时间，整个科室哄堂大笑。笑了之后，我们的眼里开始有泪水打转。

如果有一天，我们 81 岁了，不幸被病魔逮住，希望我们也能为另一个人"对镜贴花黄"。那个人，83 岁，他说，你要听话，明天我们就回家。

2014 年 2 月 18 日

我这是脸，不是屁股

科室里只有 6 位患者，其中有 3 个陷入深昏迷，两个在浅昏迷，但整个科室里还是异常吵闹。

六床的老爷子又在和我们叫板。

前两天，我们不用讨饶，我们热烈欢迎他给我们使使狠劲儿，和我们对着干。

六床这个糖尿病晚期患者只住进来半天，我们就发现了不同凡响。这么说，有点故作玄虚。一个遍身插满管子的老人，能做出什么大动作，足以不同凡响呢？

不同凡响的是他的手，手上的力。

护士小玉要给老爷子擦身子，就轻轻地拉了拉他的被子。小玉一拉，没拉动被子，小玉再一拉，被子还是没被揭开。低头一看，老爷子的手抓着被子。他不可能抓得这么紧啊。小玉不相信，又使了劲。哪知她愈使劲，老爷子抓得愈紧。一个死命地拉，一个死命地抓，拔河一样。

我们几个人都不相信小玉的描述，也跑过来轻轻地拉了拉老爷子的被子，我们也失败了。老爷子的五指铁钳一样，牢牢地抓着。而真实情况是，老爷子的躯体已衰败得很不像样子了。肾衰，心衰，呼吸衰。这钢铁力气来自哪里？

我们试了一次，又试了一次。有时，刚和他拔过河，歇了会儿，趁他放松警惕时，猛拉一把，那枯枝瞬间变成了钢铁，我们在拉力与反拉力中僵持不下。

在探视时，董医生向家属谈到了这一点。

真的呀！六床一直愁眉不展的二儿子一听这话，就惊喜地叫起来。这是个50多岁的男人，面色憔悴，眼里布满了血丝。这个时候，他握住董医生的手不放，连连说道，这就好，这就好。

他每年都要住院几次，身体一天比一天弱。为了锻炼他的意志力，我们就经常和他做拔河游戏，让他用力拉。这样也能防止他老年痴呆。男人解释着。

他知道拉你们，就表示他的意识还没完全消失，是不是，是不是？他又急切地问道。

应该是这样，幸亏你们平时的拔河游戏，这么大年纪了，竟然扛过来了。

我父亲长征过。男人很自豪地说。

啊？老红军？怪不得这样，了不起，了不起。六床的这个身份让董医生兴奋不已。

董医生没有理由不高兴，病菌发起进攻，看起来是在侵犯人的肉体，实质上是在较量人的意志。同样一个病，在意志力强和意志力弱两个患者身上的表现是完全不一样的。红军，怕什么？董医生被胜利的曙光充溢着，我替她高兴，也替老爷子高兴。患者的治愈其实依靠很多因素，家人的鼓励、坚持，患者自身的斗志、求生欲望，这一切比单纯的药物、救治手段更有力量。

我们将探视所得的情况及时通告了所有医护人员。那几天内，除了常规的治疗外，这是对敌人的正面打击，我们又抄小路，施以援军，我们得空就去拉拉老爷子的被子，训练他的对抗力。他越使狠劲儿和我们对着干，我们就越高兴。

拉不拉得动？

拉不动。

科室里时不时响起这样的对答，很兴奋。

3天后,六床从昏睡中醒过来了,他扛过了肾衰、呼吸衰这两道鬼门关!

没有想到的是，他又和我们扛上了。

老爷子，你乖一点啊，乖一点，来，张嘴。

老爷子不乖。他和小玉谈判。

我要坐起来，我要坐起来。他嘟囔着，摆着头，伸到他嘴唇边的沾水棉签被他摆开了。小玉要给他做口腔护理，就得答应让他坐起来。

您就拉在床上。

不行，不能拉在床上。

我们帮你处理，您就放心拉在床上。

我解不出来。

给您用开塞露。

我就是解不出来。

小玉的手还举着,他的嘴巴还闭着。又在拔河了。

护士长放下另一床的护理，走过来给他说好话：老爷子,你乖一点,乖一点嘛,我们争取活到100岁。

100岁？我凑上前看了看床头牌，上面清楚地写着93岁。可是他的整个面容看上去也就是六七十岁的样子。皮肤塌陷得并不厉害，绷得紧，还有些光泽。

他这个样子？我指了指六床的脸，小声说，他的脸这么饱满，怎么93岁？

肿的。护士长的声音更小。

100岁呀，老寿星。我乐呵呵对六床说，将一张笑脸盛开给他看。

老寿星听话嘛，来，来，听话，听话。小玉机灵，又跟了一句。

六床勉强张开嘴，小玉小心地将棉签塞到他嘴里，仔细清洗着口腔。护士长也拿来了开塞露。谁知老爷子他食指一指，说，你们一边去。我们抿着嘴笑起来，护士长赶紧向我们做了个制止的眼色，她把开塞露递给了男护士小罗。

我偷偷扭过头看了看，老爷子用被子把自己盖得严严的，大腿处稍稍拱了起来，一双眼睛紧紧地盯着那拱起的一块。他的那张脸因为用力，显得有些微红。

小罗给他擦了屁股，换了纸垫，再准备给他擦洗身子。

我要坐起来，我还要解手。他又叫起来。

刚才不是给您用了开塞露吗？

不行，我不在床上解。

您听话呀，您现在不能坐起来。

我要起来，起来。

再给您用开塞露，好不好？

我要起来，起来。

刚才用开塞露，拉出的大便并不多。现在老爷子仍要坐起来，并不说明他真的有那么多便意，他就是要不乖。小罗小玉他们假装没听见"我要起来"，径直去给三床做清洗。

三床是个深度昏迷病人，脑内出血，两天前做了颅内手术，引流管里已盛了许多瘀血。小罗小玉两人配合着，小心翼翼地将管子里的瘀血处理干净。

啪，啪，啪。从六床那儿传来响声。我们惊诧地望过去，老爷子在扇自己的脸。

我这是脸，不是屁股啊！他一边扇一边嚷。

"羞耻"这个词重重地伤害了一位老红军。他忍受过枪林弹雨，忍受了九死一生，就是忍受不了"大便"，它比死亡更让他羞耻。

老爷子，这是医院，您不要想那么多。护士长抓住他的手，安慰他。

我这是脸，不是屁股啊！他满脸涨得通红。他用力摇着头，手还要伸向自己的脸。

监护仪上的心律呈现出异样，他这样不镇静，治疗效果就会受影响。从昨天夜晚起就在进行的 CRRT[8] 还得几个小时才能完成，我们只得破例让家属进来做安抚工作。

8　CRRT：连续肾脏替代疗法的英文缩写。又名 CBP(continue blood purification)：床旁血液滤过。定义是采用每天24小时或接近24小时的一种长时时间、连续的体外血液净化疗法以替代受损的肾功能。

我要回家，我要回家！一看到儿子，老爷子就叫起来。他的声音比刚才还要大，眼睛里放着光。

那怎么能回，现在我们在治疗啊。儿子蹲下身子，趴在他面前，轻声说道。

我就要回家。老爷子声音低了下去，他寻着儿子的眼睛。儿子进科室后，看了一眼那肿得发光的脸，就把眼光放在了被子上，儿子躲着那张脸。

您要听医生的，我们都要听医生的，现在将您的血抽出来，洗干净后再返到您身体内。

他们又要给我打针。

不用打针，您看，那边不是有根管子吗，血从管子里返回来。

那返回来了，就回家？

好，好，做完了我们就回家。儿子把眼光抬起来，对准父亲乞求的眼神，重重地点了点头。

你不走。老爷子伸出右手，按在了儿子的手腕上。

我不能在这里，这是个特别的病房，别的家属

198

都不能进来，人家医生是看您年纪大了，给您面子，才让我进来的。

我一个人在这里。老爷子的手更紧地按在儿子手腕上。

哪里是一个人，这些医生都在这儿。我们都在外面，外面有个大厅，我们在大厅里陪着您。您想要什么，医生会给我们说。您听话，这个血透不贵！

我把这个50多岁的儿子后背拍了一下，我拿不准说出一次血透4800块钱这个价格，是会让老爷子更加心疼钱，变得更加烦躁不安，还是看在钱的分上，老老实实接受透析。但是我宁可相信前者。花钱，花大把大把的钱，对每个老人来说，都是一件要命的事。

男人看了我一眼，下面半句话没有说出来。

血透机运行着，老爷子闭上嘴巴不说话了。他已经明白他的儿子也是我们一伙的，儿子站在医生这边，他孤军奋战，寡不敌众，只好先撤一步，缓口气。

男人向我们致了谢，向走廊走去。

"老二，老二。"老爷子反攻了，来得这么及时。儿子的腿刚迈开两步，他仓皇地叫了起来，每个音都拉得长而急促，就像一个溺水的人在抓一根要漂走的浮木。

儿子踉跄了一下，转过身，急奔过来。

您听话呀，我们治完了就回家。儿子捏住了老爷子伸过来的手。这一次，他的眼光直直地落在老爷子瘦骨嶙峋的手臂上。那里插了三根管子，暗红的血循环着。

儿子，我要穿裤子。

现在不能穿，您的股动脉做了穿刺，怎么能穿呢？

他们不给我穿裤子。

您要打针，不能穿。

儿子，你帮我把裤子穿上。老爷子一边说一边试图动弹他的腿，但两边的约束带系着，他没有成功。

您听话，治完了，我帮您穿。

我的裤子在不在这里？

在，在，您看，这裤子，这毛衣。儿子拎起床下的衣服——让老爷子检查。

哦。老爷子长长地吁了口气，不再吭声。他有些累了，闭上眼想眯会儿，他的手还抓着儿子的手腕。过了近两分钟，他睁开眼，虚弱地问道：你们，你们都在这儿？

都在，都在。儿子的泪终于绷不住了。

补记：

（申明，今天的补记跑了很多火车，也许不应该记，但我记了。）

六床爹爹为了他的尊严，一定要穿裤子，那么，八床爹爹呢？

八床爹爹，82岁，多日的无尿肾衰、内环境的紊乱和中毒性肠麻痹，让老人多脏器衰竭。下午5时，老人心率逐渐减慢，屈医生去问家属是否要进行胸外按摩和心内注射等抢救手段，家属平静地摆摆手，说："不，不用了，让他走吧。"

老人走了，走得平静安详。后来，老人家属给我看了他的遗嘱：我快死时，请不要进行过度抢救。

在肿瘤科还有这样一位老太太。肺癌晚期，做了 3 个周期的化疗，被药物副作用折磨得不成样子。她彻底弄明白自己的病情后，和儿子商量，放弃化疗。她说，儿啊，你不要担心亲戚朋友甚至邻居，说是因为你不让医生治，把我给"弄死了"，是我选择的放弃。她住院时唯一的"特殊要求"是，希望有一个单间，这个空间由她自己安排。墙上挂满了家人的照片，还让儿子把自己最喜欢的几件小家具从家中移到病房。过最后一个春节时，她亲手制作充满童趣的小礼物，送给来看望她的亲人。去世前三天，老人一直在镇静状态中度过，偶尔会醒来。醒来的时候，她总会费力地向每一个查房的医生、护士微笑。有力气的时候，还努力摇摇手，点点头。她保持着她独有的优雅。

重症监护室也抢救过另外一位老太太。切开了气管，做了心肺复苏。她的孙子强烈要求：医生，你们一定要像打一场战役一样救我奶奶，这场战役只能胜利，不能失败。这位几经折腾被抢救过来的奶奶多大岁数呢？105岁。

这使我想到了巴金老人。巴金老人最后的6年时光，都是在医院度过的，先是切开气管，后来只能靠鼻饲管和呼吸机维持生命。周围的人对他说，每一个爱他的人都希望他活下来，巴金老人不得不强打精神表示再痛苦也要配合治疗。但巨大的痛苦使他多次提到安乐死，他不止一次地说："我是为你们而活。""长寿是对我的折磨。"

也许，今天的补记不应该记下来吧，这好像与重症监护室救死扶伤的宗旨相违背。

怎么能不心肺复苏，气管插管，心内注射呢？这些惊心动魄的急救措施，就是为了避免"因病抢救无效"。在现实生活中，无论多么高龄死亡都是"因病抢救无效"，这不是一句讣闻中的套话，而是一种社会意识。再也没有寿终正寝，唯有高技术抗争。

可是，当我们从死亡的深井里向外拔人时，能不能做得从容一点、郑重一点？

生，需要尊严，死，也需要尊严。

补记至此，脑子开始跑火车：当有一天，我的生命无法挽回走向尽头，我会选择"体面"地离开还是"插满管子"地活下去？

活着还是死去，还真是一个问题。

脑子继续跑火车：《阿甘正传》中，阿甘的妈妈对阿甘悄悄地说："别害怕，死是我们注定要去做的一件事。"

2014 年 2 月 27 日

被遗弃的母亲

八床在搜寻我。在一大群忙碌的身影中，只有我是最闲的，最有可能和她多说会儿话。

我却不敢多说。

我害怕成为众矢之的，我的安抚对比出护士们的淡漠，我也害怕我在那儿听她絮絮叨叨，影响其他病人的治疗，我不得不回避她的目光。我侧着头，低着头，尽量不向她的床那儿看去，她的眼直勾勾地向我这边望着。

我等着被她诅咒。科室里每个人都被诅咒了。有时，我们刚忙完一阵急救，坐下来喘口气。她就开口诅咒了，诅咒我们不得好死，诅咒我们断子绝孙，诅咒我们被车撞死。这三个句子使用频率之高，让我们防不胜防。如果她诅咒我们，还能证明她的存在，比如说她还活着，还能骂人，还有言语功能。那么，诅咒吧。

75岁的八床，因为一场车祸住进了重症室。几经抢救保住了命，现在只剩下腿部骨折。考虑到老人年纪大，不宜动手术，应该回家调养，保守治疗。但我们找不到肯接她回家的人。

电　话

她清清楚楚地念出了儿子的手机号码，真是不可思议。她在科室里躺了3个多月，躺到时间都模糊了，她报给我的号码竟然一个数字也没错。

拨打了三次，无人接听；第四次，通了。

快，快。我赶紧将手机贴到她耳边。

大旺，大她急切地叫着。电话断了，她不知所措地看着我。

没事，没事，手机信号不好，我再来打。我一边安慰她一边再拨过去。

对不起，您拨打的用户已关机。清晰的语言提示。护士小李投给我一个冷笑：看吧，就这样，你以为你比我们能干些？我又拨打了两次，还是"对不起，您拨打的用户已关机"。

王婆婆，那您还记得谁的号码呢？

我小姑娘的。刘小香，在深圳的小姑娘。

她一边在脑子里搜寻着号码一边断断续续地念着，中间停了三次，但最终还是正确地记出了刘小香的号码。

接通电话了，一个年轻的女人喂了一声。王婆婆高兴地叫道：小香，我是姆妈。

这一次，刘小香承认自己不是石头缝里蹦出来的，她叫了一声姆妈。她可能在吃早点，声音有点含糊，但我和王婆婆都听到了这声姆妈。这真是个良好的开端，我索性打开了免提。

小香，你在上班啦，仔仔呢，上学去了？

是的。我们在到处筹钱，要把您转出来做手术。

小香，我想出去了。

莫急，莫急，我们现在都没钱了，钱都交给医院用完了。不是我们不管你。

大旺呢，我刚才让这个医生帮忙打大旺电话，电话打不通。

我们筹到钱，就马上过来接你。我们在找那个撞你的司机家的人，他们不赔钱，我们就要打官司，非得让他们赔。您想，我们都在外面打工，哪来的钱？

那你们什么时候来这里？

哎呀，给您说了，让您耐心点，我们筹到钱，就马上过来接您。

小香，我想出去。

我们现在哪有时间照顾您？您在医院里要耐

心点。

小香，你来看我，我想吃肉。

上次，我来看过您，您不记得了？上次，我来了的。

哦，那你下次再来呀。

晓得的，晓得的，我在上班，不说了，我们在筹钱。

不等那端挂断电话，护士小玉一下子冲过来，抢过我的手机，迅速给挂断了。

刚才电话声在科室里响起时，不断有人向我这边恶狠狠地皱眉头，她们要摔我的手机，摔死电话里的骗子。护士长一直给她们使眼色，才勉强拦住了。现在，小玉听到"我们在筹钱"，她听不下去了，她冲着王婆婆的床头大叫：医院没收你们家一分钱，你也不用做手术，就是要回家调养。她把你扔给医院不管你，她这个骗子，你儿子也是骗子，都是骗子！

我惊愕地望着小玉。她的胸口急剧地起伏，口罩遮住了那张气得通红的脸，只有露出来的眼睛在冒着火。这是一个细心的姑娘，每次给王婆婆处理大便都少不了她。王婆婆的右腿和右胳膊完全不能动弹，因此做起日常护理来，要格外小心。小玉趴在那堆大便面前，先用卫生纸擦一遍，再用湿纸巾擦一遍，最后还扑上一层爽身粉。前一刻挨了王婆婆的诅咒，后一刻照样趴在大便面前眉头都不皱一下。可是，她现在的眉头皱成了陡峻的山川。

她生这个骗子的气。

这却不是我要的结果，我拨通长途电话就是要给王婆婆一个安慰。她的子女再怎么回避医院，逃避责任，面对这个具有"母亲"身份的人，总会找理由为自己开脱。

小玉，你为什么要戳穿呢？

面对小玉冒火的眼睛，我只得无言地将手机装回口袋。王婆婆留恋地望着我的口袋，望了好大一会儿。

下午，我去六床边帮忙翻身，王婆婆一眼就认出了我，她招招手，示意我过去。我靠近她，她又招手，我低下头，贴近她的脸。

我儿子姑娘都在筹钱，准备接我回去。她小声说着，有种压抑不住的满足。她的脸上放着光亮。

我再次掏出了手机，这一次不敢用免提了。小玉她们可以尽心尽责地照顾这个被遗弃的母亲，她们就是不能接受一群遗弃者的愚弄和欺骗。我为什么要打这个电话呢——也许王婆婆脸上的光能维持更长一段时间。

对不起，小玉，这一次让我站在你的对立面吧，我拨通了刘小香的号码。

嘀，嘀，嘀，电话在冗长地响，好久，好久，始终没有人接。我羞愧地躲过王婆婆热切的目光，她痴痴地望着我。

肯定是她将你的号码存起来了，一看见这个号码，就不接了。小玉告诉我。小玉说护士长隔个三两天就拨打她儿子和女儿的电话。最开始他们接了，再后来一看到是医院这边的电话，就再也不接了。

过　年

今天腊月了？

腊月了。

腊月初几了？

初七。

哦，初七，初七。她想搬起右手帮忙左手算算，但右手还是不能动，她就反复念着初七初七。呃，还有 23 天过年。

对，23 天。

快过年了啊。她的眉头舒展了一下，眼神又暗了下去。她说，我不想在医院过年，我想回去。

当然要回去，过年嘛。

我家里有田有房子，我还养了 20 几只鸡，一天下 10 几个蛋。我还喂了两只鹅，一只鹅有 10 多斤重，我回去过年做卤鸡蛋，还做年糕。到时候，你到我们家来，我给你吃。

好哇，到时候，我去看您。

我做的年糕蛮好吃。

可怜的人啦，你到哪里过年呢？我心里暗暗叫苦。摆在她面前的问题并没有解决，她无家可归。

医院通过报纸网络等媒体，报道了这件事。相关政府机构也找到了王婆婆的子女协商，让他们将老人接回家，但他们百般拒绝，一会儿说应该找肇事方负责，一会儿说在筹钱给老人做腿部手术。事实是，肇事方已在车祸中死了，老人保住了一条命已是万幸，现在年纪大了，不宜再做手术。前期所有治疗，医院不收一分钱，只需要他们将老人接回家调养。

护士长说政府打算请律师，与她家儿子谈判，要告他不赡养罪。可是，到了法律程序，那是一天两天的事吗？

春节的步子却不等人，它是一天一天被王婆婆逼近的。

她先是逼问元旦的日期。

我每天听她说话的一个主要内容就是时间。

现在 1 月份了?

不是，是 12 月。

2 月?

不，12 月。

那是不是要过元旦了啊?

是啊，快了。

那我能回去过元旦。

好的，回去过元旦。

我在这里是不是住了一年了哇?

不是，您是 10 月份进来的，快 3 个月了。

哦，3 个月。3 个月了，怪不得我睡觉有点冷。

不会冷的，这里有空调。

你们把我送回去，我要睡我家里的床，木板子的，睡木板床好。

送回去家里没人照顾啊。

哦。

她停了会儿，不再说话。她咧了咧嘴巴，想挪动一下右腿。右腿被抬高搁在一个铁架上，一根粗

213

钉子横穿过脚板心，牢牢地固定着她。她艰难地动了动，没成功，她像一块死铁粘在了床上。

哎，受罪呀，不如死了，不如死了。她又开始说话了，这时，话题就转到第二个内容了。

我不该恨他。那天，我用扫帚扫他的遗像框子，扫完后，撮了垃圾去倒。垃圾桶就在马路对面。我过马路，一辆车就撞过来了。

不是您的错，是那个人骑摩托车太快了。

我是不该恨他。他不成器，嫖娼，和他侄媳妇搞上了，把我的大房子都给她了，那个女人不要脸，巴望我早点死。

呃，呃。我支应着，接不上话。她也不需要我接话。她就是要说说她死去的老伴，说说那个不要脸的侄媳妇。侄媳妇欺负她，先是把她男人霸占了，又霸占了她的房子，现在又霸占她儿子。她骂道，她不要脸，她叫我儿子不认我。

是你儿子不讲良心，不到医院来看你。

他黑了良心，都是那个不要脸的女人教的。我儿子被那个不要脸的女人压着，不敢来看我。我儿子遭孽，12岁就出去打工，赚的钱都被侄媳妇哄去了。

他的腿长在他身上，他想来就可以来，是您儿子不对。我替那个不要脸的女人辩解着。

上次我儿子来，你们医生推他，吼他，他吓着了，不敢来了，我儿子胆小。就是她们，吼他。她伸出指头，偷偷地指了指在一边忙着的护士们。

我无奈地苦笑。上次，是她儿子3个月内第二次来医院。护士们气恨他良心被狗吃了，斥责他不接电话，不来探视。

你们医生坏，吼我儿子。你们医生她兀自说下去。她是不是又要诅咒了啊？我赶紧冲她摆摆手。您别这样说，您看，我们没收您一分钱，成天照顾您。

有医生好，像毛主席一样好，像毛主席一样伟大。来问我好不好，给我带东西来吃。你看。她很急迫地用左手掀开一个塑料盒盖子，盒子里放着两根火腿肠，一盒"好吃点"饼干，一袋榨菜。她这又是说的哪一天的事呢？旁边的护士们被她的神神道道闹得哭笑不得。她情绪好了，就来一句毛主席一样伟大；情绪坏了，就诅咒断子绝孙。但不管怎样，从第一个字到最后一个字，她绝对不说儿子一个"不"。这激起了科室全体护士的公愤：她这是在姑息养奸，在自作自受。

你白养了他们，你当初怎么不掐死他们，你做母亲怎么就做到这个地步？护士们被她诅咒得承受不了，会批她，斗她。但她绝不开口说儿子的一个"不"。

有母亲说儿子的坏话的吗？她固执地将母亲这个身份死死地捆在身上。

她是四川人，原本在四川有段婚姻，生有一子。离婚后，经人介绍，嫁到我们湖北孝感，与那个"不成器"的结婚，又生有两男一女。然后，又丢下他们回了四川；然后，又回了孝感。这来来回回的缘由呢？没有人解释得清楚。唯一清楚的是，三个儿子一个女儿都振振有词：我们小时候她没抚养过我们。

到目前为止，王婆婆在医院里住了3个多月，她在孝感的大儿子刘大旺来过医院两次，小儿子一次也没来，他的电话也从来就没打通过。女儿刘小香来过一次，送来两件换洗衣服，就再不见踪影。她是来要密码的。王婆婆一个月有65块的养老金，存折上估计有几个钱。刘小香要到密码了吗？我问护士小天。他说，应该没要到，王婆婆说记不得了。

这位母亲如果能顺利出院，即使她的两条腿全坏掉了，她也能生活得很好，她有回忆，有憧憬，她有和人说话的强烈欲望。这是一个病人强大的力量支撑。

她不知今夕何夕了，却一直计算着时间，计算着元旦、春节。她就是要回到"人"，回到人来人往，人声鼎沸，回到给人做年糕做卤鸡蛋的春节。

你给我拧条毛巾吧。王婆婆吩咐我。

她抬起唯一能动弹的左手仔细地擦着。耳朵根、后颈窝、手指缝、肚脐、乳房、大腿两侧，她一丝不苟地擦了又擦。

我说我来帮您。她说你帮我拧毛巾就好了。我帮她拧了8次毛巾。

眼　泪

那边的窗帘拉得严严实实的，我看不见帘子后的真相。

昨晚，我扔了3次硬币，一面阴一面阳，第3次卡在砖缝上了，因此，我无法猜测王婆婆还在不在那张床上。

王婆婆的床在最里面，靠近玻璃窗。先前探视时，那边的帘子并没有拉上，家属们总是站在这儿尽力向内望。呀，看，看，她的脚又动了一下，动了，动了。她的头在摆，是不是不舒服？惊喜的，担忧的，难过的，每一张脸都和玻璃贴得非常近。但没有一张脸是属于王婆婆的亲属。王婆婆会张望着外面一张张脸，日子久了，再轮到探视时，她就干脆埋着头，一副睡觉的样子。护士们也意识到这样对她是一个打击，再探视时，窗帘拉严实了。

我撩起帘子，一开口，"新年好"就长了翅膀飞出去了。飞出去了，我就后悔。

她还在床上，认出了我，还给了我一个笑脸，说新年好。

打开科室门前一分钟，我属于春节。我喝酒，我穿新衣服，我做指甲，我看电影。我在ICU窒息过，我需要这样热气腾腾的生活。可是，我爱这窒息，我爱它的挣扎，它的苦痛，还有它的新生。我迫不及待地推开门，然后，我放轻了脚步。

每一步都是地雷，都是暗区，不知道哪一脚就踩上心衰、肾衰我轻轻地在病床间移动，查看床头片。上面写着姓名年岁和击倒他们的凶手。二床脑干出血，五床尿毒症，一床肾衰。

从大年三十到今天，每一张白茫茫的病床上从没有缺少疾病和死亡。我在外面衣香鬓影时，觥筹交错时，它们都在。我们谈一场恋爱，我们结婚，我们与老友重逢，我们为什么挑选良辰吉日，这才是我们唯一可以做主的日子。其余的，由一双无形的手操控。

这个还给我"新年好"的母亲，她有什么可以作主的呢？春节，这个良辰吉日也由不得她。她说，过年，别人都吃好东西，我连一块肉都没吃。

她凄惨地说着。我看见了她瘪下去的嘴巴，瘪下去的腮帮子，瘪下去的眼眶。我看见了她眼角里面一团液体凝聚着，非常饱满。因为眼眶的凹陷，那液体被深深地包在里面。

4个月了，我终于看到了它们。她骂我们的时候，她给儿子打电话的时候，骂那"老不成器"的时候，她看着不属于她的探视家属的时候，她都没有让我看到它们。

它们叫——眼泪。

2014 年 3 月 13 日

我为什么会犯病

5 厘米厚的铁门都挡不住。

挡不住号啕大哭，呼天抢地，撕心裂肺。

他们就在铁门外，我站在铁门这边，不敢开门，不敢把她交给他们。

10分钟前，我和王医生去告知一个事实。门一开，他们冲上来了。可是没有声音，像默片。他们围在我们身边，谁也不发问，只有眼光虚弱地望着我们。心脏复苏成功了？心跳了？活过来了？这些话在心底翻江倒海，他们就是不说。不敢说，只怕一说就成空。我们却不能不说。

王医生先是环视了人群，似乎在决定将这个事实落在谁的眼里，然而，他没有找到一个合适的眼睛，每只眼睛都是待宰的羔羊。他实在下不了决心，去逮住谁的眼睛，他只得收回目光，看了看自己脚下，然后，他将视线抬高，放远，放在对面一堵苍白的墙壁上。过了一会儿，他摇了摇头，说，走了。我几乎没听清楚"走了"——哭声扑来，压住了。

哭声混合着哭声，分不出谁和谁。哭者抱着哭者，看不清谁和谁。

一个中年男子趔趄地走向窗户边的椅子，他重重地跌坐在椅子上。他的头低得那么深，低得快要放进胸腔了。仿佛受伤的刺猬，蜷缩着将满身的刺扎向自己。

　　他是走了的五床的爱人。现在，五床松了手走了，留他一个在原地。他承受不了这失重，只好靠紧着一把椅子。

　　我们折回科室和太平间里的工作人员一起处理五床的遗体。主要是将破损的器脏收拾整齐一些，拔掉她身上的管子。它们分别叫鼻饲管、导尿管、输液管、引流管。

　　他们拔掉了五床身上 15 根管子，我从来不知道身体里有那样多的纵深容忍那些管子。一根鼻饲管拔出来有近 50 厘米深，胸部拔出的管子带出了满管的瘀血，乌黑乌黑的血，像黑夜。他们又在拔她的导尿管，我拿起一块医用尿布盖住了那里。太平间的工作人员说不用的，等会儿要用床单包。他要揭开它，我按住了他的手。他望了我一眼，将手拿开了。

　　他们抖开了一条白裹单，平铺在平板车上。包了头部，包了脚部，整个裹单又往两边折了折，裹得紧紧地扎在下面。是包着的一根木头，还是一枕铁轨？这条白茫茫的裹单，已分不出哪端是头哪端是脚。我还得开门，把她还给他们。

　　我一咬牙，打开了铁门。哭声冲上来，包围了这白茫茫。那个被椅子撑着的男人抬起头，空洞地望着一群交错的哭声，仿佛这哭声在遥远的地方，与他没有任何关联了。车进了电梯，工作人员按了下行键。突然，男人蓦地站起来，像疯了一样猛扑过来，扑向推车，他要揭开裹单，要看看她的脸。两个满脸是泪的男人赶紧拦腰抱住了他。让她走好，让她走好。他们一边说一边将差点被拉开的裹单又严严实实裹好。男人趴在床沿上，失声痛哭。他终于找回了哭声。我的心安稳下来，我多么害怕他不哭。哭是一种救赎。

　　送到太平间后，我返回科室，准备给他们拿死亡证明。在电梯门口，突然看见他们。我的心一惊，待在那里，不知怎么办才好。刚才一直没看到他们，我还感到一丝庆幸。

她是五床的母亲。每次探视，我都下意识地尽量避开她，我无法面对那张脸。因为衰老，她的整张脸都垮了下来，就好像里面的骨头挂不住外面的肌肉，五官完全错位。可是，她的眼神，因为恐惧，又格外向往突出，好像一下子就要扑过来，紧紧地抓住你。求求你们，要救活她呀，我的儿，你们大菩萨，大菩萨要救她！她嗫嚅着嘴巴，呜咽着。她双手合十，举起，停在额头，停顿片刻，深深地向我们作揖。我们害怕这作揖求救，她是我们的母亲，她是天底下所有人的母亲。

让我们害怕的还有五床的父亲。高高瘦瘦的个子，患有高血压、心脏病。每次探视时，看着他颤巍巍的步伐，我们都不忍心给他交代病情。他也不发问，只是静静地听着，默默地望着玻璃窗内。有一次，探视快结束了，家属们都从侧门出去了，他还失神地望着窗内的五床。我轻轻拉了拉他的衣袖，他回过头，笑了笑，那样隐忍，那样慈祥，让我心疼了好久。

在后来两天的探视里，我又犯了主观主义毛病。我说，老爷子，您要放宽心，应该会好起来的。他安静地听着，安静地微笑。他越这样安静，我越不停地犯病，不停地主观臆想。会好起来的，会的，您要好好的。负责探视的王医生一再用眼神阻止我，我假装没看见。

在探视时，这样宽慰的言辞一般不能轻易给家属讲，除非有百分之百的把握可以起死回生。你讲了，就是给他们一根救命草，而这根救命草是如此的摇摆，它要历经九死一生的考验。

比如说脑出血，要起死回生，起码得挺过三关。脑部还会不会继续出血？这是一个问题，挺过这关，还得挺过水肿关。脑水肿的高峰期一般三至七天，你会看到病人的整个头部面部发馒头一样肿起来。因为长时间的水肿压迫，也可以使脑组织产生损伤性，甚至坏死性改变。渡过这一关，还有炎症关。一关一关渡过来，你不知道哪一个关口就卡住了。

妖魔四起的病菌，将病房里的人与病房外的人都流放在一条叫死亡的路上。因为隔离，因为一天只有一次探视，家属们的流放之感更重。他们迫切地要做点什么，来打破这无能为力的僵局。他们一直希望医生可以明示，给个指引。医生，您告诉我们，我们能做什么。家属们往往会遇到两个答案。

第一筹钱。第二准备"人财两空"。

我多么不喜欢"人财两空"这个词语，不仅是不喜欢，而且是愤恨。我给治疗班的医生说出我的愤恨。她淡淡地笑了，说，那你指望我说些什么？

不能将病情说得乐观一点？

病情是能被"乐观"的东西？

有些病人本来就是随时可能死亡，我现在不说，明天病人死了，家属就会找我们的麻烦，会认为是我们没处理好。你知道的，ICU 是与外界隔绝的，很多突发的死亡，他们都不可能看到。家属们对我们质疑很多，我们得保护自己。

她用上了"保护"，我还能说什么！事实正是如此，有家属泪流满面地感谢嘱托，也有家属气急败坏地质问：怎么越治越坏，用了呼吸机没有，做了血透没有，打了免疫球蛋白没有？他们会让医生标好免疫球蛋白瓶子数，一二三地数清楚。他们探视时，会偷偷地准备好录音笔，会偷偷地拍下医生的样子。

谁也不想说出"人财两空"，可是医生叹了口气，说，我们天天给他们近乎残酷的预告，其实是在给他们打预防针。将他们的神经磨迟钝，增强抗体。当死亡到来时，疼痛会少一些吧。在一个一个渡过的难关里，他们提前支付了那份痛。

我不知道五床正在渡过哪一关，我却一再放纵自己犯病，主观主义病。我说了那么多的"放心"。现在，我该如何面对这位父亲。

他耷拉着头，右手哆嗦地在口袋里摸着什么。摸了好久，他摸出了茶杯，哆嗦地拧着瓶盖，拧了好久。他站起来，颤巍巍走到老伴面前，将杯子递给她。那遭了雷劈的老母亲，还嗫嚅着嘴巴，呜咽着，求求你们，要救活她呀！我的儿，你们大菩萨要救她！只是她的双手抬不起来作揖了，老年丧女的悲痛抽走了她全身的力气。她怎么会相信那个被裹单裹得不见头不见脚的是她的女儿？

你、你喝口水，你、你不是说要坚强吗？你、你要坚强些。老父亲一双手颤巍巍地伸过去，抹着老伴脸上的泪水。他一抹，再抹，怎么也抹不完。

补记：

夜里 10 点，一个比我年少 10 岁的朋友来煲电话粥。此女结婚 3 年，尚在婚姻磨合期。今晚，和我谋划一起癌症晚期患者失踪事件。

谋划先从讨伐婆婆开始，婆婆怎样偏心小姑子，怎样怂恿她儿子不做家务事，怎样抠门，一直讨伐她家老公。老公当然更不是个东西了。罪行累累，恶习滔滔，在十字架上钉上一百次，都不能赦免他的罪孽深重。

最不可饶恕的：她感觉他不爱她了。

我昨天植了眉毛，问他，我脸上有没有变化。他看了半天，说，没有。我今天在单位挨了头儿的训，心情不好，让他陪着看场电影，他说，我晚上要赶个材料。他肯定不爱我了。他不把我放在心上，他眼里心里都没有我。

他肯定不爱我了，肯定的。她在电话那端怨气冲天。

要不，我们做个实验，看他把我放不放在心上。她又不甘心这样的结论，便提出实验建议。

怎么做呢？

你在医院帮我弄个诊断证明，比如说子宫肌瘤、卵巢癌、乳腺癌，反正哪一种要人命就开哪一种，最好是晚期。

开回证明后再怎么办呢？

我就离家出走，我还要在诊断证明旁边放一封我的亲笔信，一起放在床头柜里。

信?

我走了，请不要找我。当一切结束时，请记得"珍惜"。

你说，他看到这诊断，这信，会怎么样哟？会不会急死啊？我才不管他，我去旅游去。

呵，你不怕他事后知道这是假的诊断。

不怕，我就说不小心拿了个同名同姓患者的诊断。这种情况存在吧，同名同姓，诊断拿错了的，是不是？对了，你要告诉我晚期患者的临床表现是什么，在出走前几天，我要表现出来，等我离家后，让他懊悔死，恨自己没长眼睛。另外，等我走两天后，你就给他打电话，告诉他，你带我做过检查，怎么没看到结果，打我电话又关机，不知是怎么回事。我肯定要关机，你放心，我用一个新号和你联系。

你说，我这样能不能搞定他？

亲爱的，做你的失踪美梦去吧，晚安。我挂了电话。

这孩子，把生活当剧目来演。殊不知，当剧目成为生活，多少人难以承受它的跌宕起伏。有机会，得把她带到重症监护室里走一遭。

尾声：我是体面的败类

那个一脸苦大仇深的，母老虎一样的，呵斥孩子的妈妈是好的。我说好，是指她好好地活着，连同她那被呵斥得满面鼻涕的孩子，连同她扇在他屁股上的两巴掌，连同她的气急败坏，她的无可奈何。这一切都是好的。

那个拎着塑料袋的中年妇女是好的。我说好，是指她好好的，包括她失了光泽的脸，包括人老珠黄这个词语，包括她穿着大背心和菜贩子声嘶力竭地讨价还价。这一切都是好的。

那个在斑马线上抓紧了儿子手的老爷子，那个惊恐地等待红绿灯的老爷子是好的。我说好，是指他枯木般的手，枯井般的眼，趔趄的步态，手心里微微沁出的汗，冷汗，都是好的。他还活着。

我说的好，包括男人扔在沙发上的臭袜子，包

231

括他骂人，他放屁，他二愣子一样混账。我说的好，包括女人堆在眼角的那摊眼屎，眼屎边纵横的，长的短的皱纹，还有那挖向鼻孔的手。

我没有了原则，没有了底线，我见到的都是好。

我感受到的每一缕呼吸，只要它是热腾腾的，都是好的。骂娘也好，挖鼻孔也好。我相遇的每一具肉体，只要他能眨眼，他能笑，能哭，能告诉我，他在，就都是好的；他老得不像样子也好，他被酒灌失了方向也好。

我粗俗。

我粗鄙。

我粗糙。

我是"体面"的败类。

从我踏出重症监护室的大门那一刻起，不要再叫我美人，不要再叫我教授，不要再给我那些光芒。叫我"人"吧。

人，还活着。粗俗地粗鄙地粗糙地，好好地，活着。

足够了。

花红柳绿的你，人五人六的你，锣鼓开道的你，你不会知道：

在那白茫茫的病床上，在那一望无际的金黄色葡萄球菌、大肠杆菌、芽孢杆菌中，你将虚弱得像一个影子，可有可无的影子。血和死亡是影子的前生和来世。你是一个逃不掉的影子。你不过是个影子。

你不能伸伸你的手指，握一握我的指尖我的掌心我的纹路。

你不能眨眨你的眼睛，调笑的，妩媚的，勾引的，秋波一样，你眨眨你的眼睛。

你不能动动你的面肌，向我笑一笑，我只求你的一个微笑，一个涟漪，像晚风吹过的荷塘。

亲爱的，你什么都不能。你的名字叫失去。失去你的江山和美人。

只有床头的监护仪是真实的，存在。

心率。呼吸。心电图。血氧饱和度。每一组数据里都隐匿着生和死。我盯紧了它们，我盯死亡的

233

梢，我看它走到哪里才是尽头。

死亡没有尽头。从前在死亡，现在在死亡，将来也在死亡。

可是，亲爱的，活着也没有尽头。

从前活着，现在活着，将来也活着。

死亡与活着是情人，如同我们和这世界。我们和这世界有过情人般的争吵，我们还会一直争吵下去。

你挺住了。亲爱的。我们争吵。

我牢牢地盯住了那组数字，我祈祷，它们永远在山峰，绝不要一条直线，指向虚空。

重症室的日子，我的苦痛，我的辗转反侧，我不能做个言说者，我不能告诉任何人，我是指那些还被光鲜包围的人。他们会骂我神经，骂我不讲体面。当我将果汁杯端向他们时，他们很快躲开，我的手沾了太多的血和死亡。我是不净的，我晦气。

有一天，我不小心说出我送那个 32 岁的肝癌逝者去太平间。他们不约而同地全体起立，从椅子上跳起来，惊恐地望着我，像在哀悼我的死去。有人让我赶紧向上天三作揖三鞠躬，有人让我赶紧去买三炷香。"你怎么和死人沾上了，你呀，你。"我这个体面的败类，仓皇地逃出了酒席。

我是个潜伏者，默默吞噬那些所谓的体面之外的东西。我蜕去了许多光鲜，潜伏在这可能的死亡里。

如果，我曾经的体面是蝶，那我便是化蝶成蛹，那污秽不堪的蛹。疼痛，挣扎，呻吟，或者默然无声，死亡的大翅膀覆盖下来。

可是，我爱这蛹。这是一只蝶死亡后生出的新的蝶。我从内科走过，从儿科走过，从妇科走过，从化疗室走过，我在每一缕消毒水的气息里泪流满面：我见过生命的大挣扎大苦痛，也有大喜悦。

让我成为体面的败类吧，我有我的体面。

责任编辑：张　哲

235